"十三五"国家重点图书出版规划项目

西班牙语文学译丛
尹承东 主编

# 有些事
# 赤脚女人不能做

Hay ciertas cosas que una no puede hacer descalza

〔哥伦比亚〕玛格丽塔·加西亚·罗瓦约 著
欧阳竹萱 译　尹承东 译校

中央编译出版社
Central Compilation & Translation Press

图书在版编目(CIP)数据

有些事赤脚女人不能做／(哥伦)玛格丽塔·加西亚·罗瓦约著；欧阳竹萱译．—北京：中央编译出版社，2019.5
ISBN 978-7-5117-3427-3

Ⅰ.①有… Ⅱ.①玛… ②欧… Ⅲ.①中篇小说－哥伦比亚－现代 Ⅳ.①I775.45

中国版本图书馆CIP数据核字(2019)第056287号

"Hay ciertas cosas que una no puede hacer descalza"
©Margarita Garcia Robato, 2009
Chinese edition copyright
©2019 Central Compilation & Translation Press.
All rights reserved.

## 有些事赤脚女人不能做

| | |
|---|---|
| 出 版 人： | 葛海彦 |
| 出版统筹： | 贾宇琰 |
| 责任编辑： | 谭 洁 翟 桐 |
| 责任印制： | 刘 慧 |
| 出版发行： | 中央编译出版社 |
| 地　　址： | 北京西城区车公庄大街乙5号鸿儒大厦B座(100044) |
| 电　　话： | (010) 52612345 (总编室)　(010) 52612368 (编辑室) |
| | (010) 52612316 (发行部)　(010) 52612346 (馆配部) |
| 传　　真： | (010) 66515838 |
| 经　　销： | 全国新华书店 |
| 印　　刷： | 河北下花园光华印刷有限责任公司 |
| 开　　本： | 880毫米×1230毫米 1/32 |
| 字　　数： | 91千字 |
| 印　　张： | 5 |
| 版　　次： | 2019年5月第1版 |
| 印　　次： | 2019年5月第1次印刷 |
| 定　　价： | 25.00元 |
| 网　　址： | www.cctphome.com　邮　箱：cctp@cctphome.com |
| 新浪微博： | @中央编译出版社　微　信：中央编译出版社 (ID：cctphome) |
| 淘宝店铺： | 中央编译出版社直销店 (http://shop108367160.taobao.com) (010) 55626985 |

**本社常年法律顾问：北京市吴栾赵阎律师事务所律师　闫军　梁勤**
凡有印装质量问题，本社负责调换，电话：(010) 55626985

# 赤脚女人是谁

"有些事赤脚女人不能做",一个斩钉截铁的否定陈述句,是哥伦比亚"80后"作家玛格丽塔·加西亚·罗瓦约(Margarita García Robayo,1980— )笔下人物贝亚特里茨的口头禅,也被作家用来给自己的第一部短篇小说集命名。不过,"有些事赤脚女人不能做"这句话虽然语气强硬,但意指却颇有几分云山雾罩。难道现代社会有一套专门为赤脚女人量身打造的行为规范?还是女人穿上鞋子就拿到了特别许可、得到了特殊加持,可以天下任我行?玛格丽塔·加西亚·罗瓦约从题目开始就吊足了读者的胃口,吸引读者翻开书页,随着她的笔走进布宜诺斯艾利斯多彩的街巷,倾听九个女人貌似波澜不惊实则暗流汹涌的人生故事。

玛格丽塔·加西亚·罗瓦约1980年出生在哥伦比亚卡塔赫纳,2005年移居阿根廷布宜诺斯艾利斯。在哥伦比亚期间,她担任过加夫列尔·加西亚·马尔克斯基金会项目协调员,还撰写过大量电影评论。移居阿根廷后，她进入《号角报》工作，在《阿根廷评论报》(*Crítica de la Argentina*)撰写《狂怒之城》(*La ciudad de la furia*)专栏，还用笔名卡罗琳娜·巴尔杜奇在《C刊》(*Revista C*)上连载《我的生活与我》(*Mi vida y yo*)。在为《号角报》工作期间，她创建了一个专栏博客，名为《苏达吉亚[①]：拉丁美洲的故事》(*Sudaquia: historias de América Latina*)，从一位南美洲现代都市青年知识女性的视角讲述南美洲和南美人的日常。苏达吉亚不猎奇、不媚俗，故事引人入胜，文字活泼精炼，自然而然地引导读者反思身份、性别、现代性、文化认同等始终困扰拉丁美洲的关键命题，甫经上线就受到了网友的热烈追捧，屡获业界殊荣，还被西班牙《国家报》(*El País*)、哥伦比亚《旁观者报》(*El Espectador*)、《世界报》(*Le Monde*)等知名媒体广泛转载，奠定了玛格丽塔·加西亚作为公共知识分子的声誉，也为她未来的文学创作积累了丰富的素材，更预示了玛格丽塔·加西

---

[①] "苏达吉亚"是西班牙语单词"sudaquia"的音译，玛格丽塔·加西亚·罗瓦约认为它是产生于新千年博客时代的一个新词，是西班牙语口语中对南美洲带有歧视色彩的称呼。从词源学上看，"sudaquia"源于"sudaca"一词，是"sudamericano, na"（指"南美的"或"南美人"）的口语简称，20世纪80年代在西班牙青年人中颇为流行。最初"sudaca"没有任何贬义或排外性的能指，但80年代中期起极右翼分子开始将"sudaca"作为"南美人"的蔑称。这一用法因足球暴力而在西班牙语世界迅速传播开来，并赋予了"sudaca"歧视性内涵。在这一背景下，有人开始故意在社会生活和艺术创作中以讽刺或自嘲的方式使用"sudaca"一词，力图通过揭示一个词的歧视内涵实现对某一蔑视性话语的净化，并赋予它新的意义和维度。玛格丽塔·加西亚·罗瓦约也在自己的创作中策略性地应用了"sudaca"和"sudaquia"，她在"苏达吉亚"博客中指出"有些人仍然把称我们为南美佬当成一种讽刺，我认为他们确实应该放下这种方式了"。由此可见，作家引入"苏达吉亚"是为了提示人们正视拉丁美洲这个名词本身所负载的历史和现实，反思拉丁美洲身份的丰富内涵——"苏达吉亚里讲述的是那些属于我们的故事，属于那个被官方称为拉丁美洲的地方。（……）在这个博客里，拉丁美洲会被称为Sudaquia，这里的人我们叫做南美佬。"

亚·罗瓦约小说的一个重要特征：笔触细腻，观察入微，意象清晰，语言生动，叙事栩栩如生，长于在精确的细节描写之中渗透作家关于世界、社会和人性的深邃思考，令读者仿佛于无声处听惊雷，时而感同身受，时而豁然开朗，时而陷入深思……

结束了《苏达吉亚：拉丁美洲的故事》之后，玛格丽塔·加西亚·罗瓦约的创作重心转向文学写作。她接连出版了《有些事赤脚女人不能做》(*Hay ciertas cosas que una no puede hacer descalza*, 2009)、《凡人罕见》(*Las personas normales son muy raras*, 2011)、《兰》(*Orquídeas*, 2012)、《待到飓风过后》(*Hasta que pase un huracán*, 2012)、《我没有学到的一切》(*Lo que no aprendí*, 2013)、《更糟糕的事情》(*Cosas peores*, 2014)、《死时间》(*Tiempo Muerto*, 2017)、《第一人称》(*Primera persona*, 2017)等小说或短篇小说集，在竞争激烈的图书市场上广受好评，收获了来自读者和评论界的双重肯定。小说《更糟糕的事情》荣获了2014年"美洲之家"文学奖(*Premio literario Casa de las Américas*)，2015年《我没有学到的一切》又入围了"哥伦比亚图书馆小说奖"(*Premio Biblioteca de Narrativa Colombiana*)。

《有些事赤脚女人不能做》是玛格丽塔·加西亚·罗瓦约的成名作，也是她正式出版的第一部文学作品（2009年和2010年分别在阿根廷和西班牙发行）。这是一部构思精巧的短篇小说集，收录了九篇以阿根廷布宜诺斯艾利斯为背景的女性故事。《有些事赤脚女人不能做》在结构和表现手法上借鉴了哥伦比亚导演罗德里戈·加西亚2005年的电影《生命九种》①，每篇故事都以一个女性名字命名，讲述同名主人公的人生一页，共同编织成一部南美女性的心灵史。评论界还认为《有些事赤脚女人不能做》是"南美风味的凯瑟琳·安妮·波特②式的女性小说"，故事真实生动，贴近读者生活，语言简洁、精确、富有感染力，阅读代入感强，擅于留白，往往利用暗示、反讽、象征等手法在字里行间沁入作家的思考与拷问，引发读者无尽的反思。波特倾力挖掘的"不可理解性和不可容性"主题同样也是玛格丽塔·加西亚·罗瓦约钟爱的重要母题。她笔下的女性角色年龄、身份、社会经济地位不一，困于不同的个体焦虑和情感挫折之中，琐碎的日常恶狠狠地把她们推入纷繁芜杂的孤独语境，嘲笑、质疑、贬损她们的自我、存在、话语和性别身份，眼睁睁看着她们在不可言说、无法言说的孤独困境中苦苦挣扎、孤独求生，踉踉跄跄着送走一个又一个日出日落。

《莉娜》是小说集的开篇故事。主人公莉娜是一位普普通通

---

① 《生命九种》(*Nine Lives*, 2005) 是哥伦比亚导演罗德里戈·加西亚 (Rodrigo García, 1959—) 拍摄的一部英语剧情片。这是一部群戏电影，包括九个等长的片段，每个片段围绕一位女性角色展开，呈现她们的一个生活片段，其他角色穿插游走于彼此的故事和喜怒哀乐之中，情感困境和生存焦虑交织重叠，层层挤压，将九位女人的人生点滴提炼为复杂而生动的现代女性心理写真。《生命九种》于2005年公映，并入选同年的《时代周刊》和《纽约日报》的十大佳片。

② 凯瑟琳·安妮·波特 (Katherine Anne Porter, 1890—1980, 下文简称为波特) 是20世纪"美国最富有才华的短篇小说家"之一，她的作品揭示了女性成长所遭遇的普national困境和在自我身份认知上的挣扎与妥协，成为了20世纪前半叶美国女性意识觉醒的真实写照。

的都市女子，乏味地生活，乏味地工作，乏味地一点点变老。莉娜喜欢看电视竞猜节目《无知者出局》。她每天都研究"万事通"卡片，看电视时"假装自己是参赛者"，几乎对所有答案都能脱口而出。莉娜从第一期就押注苏茜会赢得冠军，那样她就可以作为获胜者的下注人上电视节目，赢得一台双开门冰箱。然而苏茜"意外"失手了，莉娜的幻梦破碎了，连老朋友都因为她频频出言不逊摔门而去。多年相伴的友情摇摇欲坠，"哪怕我们是朋友，也有孤独的距离"。莉娜机械地咀嚼着苦涩，孤独如雾霾般反噬，将她毫不留情地吞没。

　　小说集的第二个故事是《胡莉娅》。素食主义者胡莉娅，苗条漂亮、特立独行，渴望被爱情环抱的温暖。只因为那一点点温柔相待，她糊里糊涂地陷入一场婚外情，作茧自缚、难以自拔。胡莉娅明白自己期待的不过是简简单单的陪伴，两个人一起去超市，"每天早上一起苏醒"……但已婚秃头男子只把她当成身材傲人的玩具，想要的只是她美丽的身体。胡莉娅所有的期待都像找不到靶子的箭矢，无力地坠落在"一个处在爱情里的女人也可能是孤独的"的诅咒之中。孤独席卷而来，无边无际，再次张开血盆大口，向胡莉娅嘶叫着"当期待落空，留在爱情里的尽是幻影"。

　　米里亚姆的故事是《有些事赤脚女人不能做》中唯一一篇以老年妇女为主人公的短篇小说。米里亚姆老了，丈夫刚刚去世，她尚未熟谙孤独这门新课，却已经猝不及防地成了女儿所谓"从失去丈夫后就开始疯言疯语的母亲"。她尝试打电话告诉女儿自己"有一种莫名的孤独感和一丝丝恐惧"。但早已离家独居的女儿自动忽略了母亲的前半句话，不耐烦地反问她难道住在最好的街区还会觉得害怕？她想和女儿多说几句话，计算着给女儿打电话的最佳时机，揣测女儿认可的合适话题，但到头来总是不欢而散。电话被挂断了，孤独升腾而出，米里亚姆眼睁睁地看着它渗入自己的皮肤，吞食自己的内脏，绝望地发现"她的生活只剩下那扇玻璃窗、那个电视机和那根她喜欢得不得了的电话线"。

第四个故事是《索菲娅》。索菲娅疯狂地思念着本应在秋日归来的爱人，但那位医学研究者一年前就已经移居纳米比亚、离她而去了。在被惊醒的梦里，她的罗德里戈"扑过去抱住她，抱得如此紧，她甚至快要窒息"。在现实生活中，即便她"坐在这张桌旁看着大街来往的一切"也等不到那个人的出现。这个秋天"是她的希望也是她的孤独"，刻骨的思念腐蚀着索菲娅的心智。她在酒吧里买醉，试图在其他人的体温中寻找慰藉，但朋友的关心无济于事，陌生人总是在温情里埋下了别样的企图，一晌贪欢不过是自欺欺人的忘却……索菲娅蓬头垢面地坐在酒吧里，带着"红肿的眼睛、浮肿的脸、苍白破皮的嘴唇"。孤独仿佛噬骨之蛆，在她体内横冲直撞、大快朵颐，直到吞噬她的最后一丝生气。

苏茜在很小的时候就被父亲带到电视台参加知识竞赛，曾经八次蝉联"天才女孩"称号。她比其貌不扬还其貌不扬，不过父亲总是说"你的才华更胜一筹"。苏茜很开心能让父亲骄傲、让他有钱买新车，直到节目组借口给别的孩子机会而禁止她再出赛……如今苏茜一路闯关杀入《无知者出局》的决赛，还用尽浑身解数让父亲和他在养老院的朋友们能够到现场观赛。可惜，这次苏茜输了，倒在了自己最擅长的题目上。麦克卢汉[①]说过父母会根据孩子的竞争优势来给予爱的奖赏，因此父母的冷漠往往是被"投资失败"激发的应激反应，子女则总是为失去父母的赞许而焦虑不安。果然，父亲留下"你看起来像个小丑"后就扬长而去了，留下苏茜孤零零地品尝失败。孤独以爱的名义刺入苏茜的心脏，留下一片片血淋淋的荒芜，她想归根到底"这个世界或许还是偏爱美貌更多"。

迪亚娜是第六个故事的主角。她人到中年，连中学毕业文凭都没有，还因为行为过激丢掉了教书的饭碗。好在她是第三世界国家的黑白混血儿，国籍和肤色让碌碌无为的她有资格申请到专项留学奖学金，得以暂时摆脱苟且的日常去远方"过另一种生

---

① 马歇尔·麦克卢汉（1911—1980），全名赫伯特·马歇尔·麦克卢汉（Herbert Marshall McLuhan），加拿大媒介理论家和大学教师。他1946年进入多伦多大学执教，1952年成为多伦多大学英语文学全职教授，1963年出任多伦多大学文化和技术研究中心主任，1979年在多伦多大学退休，主要学术著作有《机器新娘 工业人的民俗》（*The Mechanical Bride: Folklore of Industrial Man*, 1951）、《古登堡星汉璀璨》（*The Gutenberg Galaxy: The Making of Typographic Man*, 1962）、《理解媒介：论人的延伸》（*Understanding Media: The Extensions of Man*, 1964）等。"媒介即信息"是麦克卢汉对媒体与社会关系的著名论断，也概括了他的基本学术观念：在社会学、艺术、科学和宗教等诸多领域，电视、计算机和其他电子传播工具重新塑造了人类的思维方式和思想内容。他认为现代媒介改变了人类传播和接收信息的方法，继而影响到人类的认知方式，最终对人类的生活方式产生了深刻影响，并对20世纪社会基于媒介需求的自我改造提出了批评。（资料来源：《大英百科全书》网络版 https://academic.eb.com）

活"。表姐开心地为她举行聚会,真心诚意祝福她有机会出国学习。然而"任何一个'第三世界'国家的人都能获得的奖学金真的是一种值得庆祝的荣耀"吗?还是以褒奖为名的慈善、以慈善为名的折辱?迪亚娜无从诉说、无处诉说、无法诉说,所有的心事化作了一声欲言又止的叹息。无奈五味杂陈,重重地压在她的心头。孤独攀上无奈的触手,悄无声息地蔓延开来,裹挟着迪亚娜向着触不到的未来蹒跚而去。

第七篇的女主角是贝亚特里茨。年轻时她有过一段难以启齿的痛苦经历,一个她孤独保守了多年的秘密。经济拮据的她去银行办理贷款,猝不及防地发现她要找的业务专员正是那个她永远不想再见到的男人。贝亚特里茨吓坏了,她丢盔弃甲,夺路而逃,无助地躲进了一个酒吧。或许向陌生人倾诉不过是自言自语的代名词,她借着酒劲儿向黑人服务员讲述了她苦涩的秘密,恐惧也似乎随着呼出的酒气一点点蒸腾而去。丈夫又打电话催她了,她仍旧没有接电话,只是扔下钱狼狈地离开酒吧。贝亚特里茨在橱窗玻璃里看到了自己的影子——"裙子皱皱巴巴,凌乱披散的头发,睫毛膏整个花掉"。她深深地吸了口气,决定整理好仪容回银行办业务。孤独如丛林猛兽,伺机而动,随时会冲出来撕碎我们自诩强大的装甲,但我们也会头脑清晰地不断提醒自己要"在逆境中坚强,在逆境中重生"。

第八篇是一个关于婚姻的故事。女人叫玛丽,是典型的克里斯蒂娃①所谓的"摇摆在悲伤的忧郁和令人疲惫的母性兴奋之间的女人"。玛丽有个儿子,整天模仿着电视动画片里的人物喊打喊杀,还挑食、吵闹,一点儿都不让大人省心。玛丽也有位丈夫,但那个男人几个月前的一个晚上突然莫名其妙地宣称"我会爱上另一个女人",然后就离家出走了。还好那个男人没有忘记自己作为父亲的责任。他下班后回到原来的家探望儿子,还打算和玛丽讨论一下孩子的教育问题。不过两个人一开口就话不投机,女人不由自主地不断提高声调,大吼抱怨,拍手鼓掌;男人先是满脸厌恶,后来又一脸惊恐,连连后退……直到听到儿子在梦里尖叫"遭遇毁灭!",他们才暂时休兵,都赶过去安慰孩子。男人给儿子盖上毯子,女人"靠着她儿子躺下,从背后搂着他",男人"睡在她后面,也把她抱着"。但没过多一会儿,熟悉的关门声响起,孤独再一次穿透玛丽的心扉。至亲至疏,最远最近,"婚姻里,无处不在的孤独"比痛苦更绵长,寸寸断人肠、噬人魂。

莉莉是化妆品店的店员,身材肥胖,不会英语,总是觉得自

---

① 朱丽娅·克里斯蒂娃(Julia Kristeva, 1941—)保加利亚裔法国人,心理分析学家、批评家、小说家和大学教师,早期学术研究围绕结构主义-符号学展开,70年代中期之后拓展到精神分析-女性主义领域,在后结构主义理论中也颇有影响。克里斯蒂娃在结构语言学、精神分析、符号学和女性主义方面论著丰富。区分语言的符号范畴和象征范畴是她对语言哲学的重要贡献,"语义分析"是她在精神分析-女性主义阶段的一个理论创新。主要学术著作有《符号学:语义分析探索集》(*Sēmeiōtikē: recherches pour une sémanalyse*, 1969)、《诗性语言的革命》(*La révolution du langage poétique*, 1974)、《中国妇女》(*Des Chinoises*, 1974)、《恐怖的权利:论卑贱》(*Pouvoirs de l'horreur: essai sur l'abjection*, 1980)等。(资料来源:《大英百科全书》网络版 https://academic.eb.com)

己卑微得比尘埃还低。门店的经理对她性骚扰，莉莉没有反抗也没想过逃脱。她知道在那个男人眼里自己不会比一盘肉丸子贵多少，但逃能逃到哪里去呢？无非是换个地点、换个经理罢了。下班后莉莉喜欢待在家里拉开窗帘偷看她的邻居。邻居苗条漂亮，爱"赤裸着身子在屋里漫步"，还有一个来去匆匆的秃头情人。莉莉不止一次地想和邻居打打招呼，聊聊天，"想让她知道还有比她们更孤苦的女人"。她甚至尝试过一次，"轻轻地挥动手，如是一个委婉的招呼"，但她的邻居"打了个哈欠后便转身"进卧室了。"爱情里的失落与无奈，寂寞的心情，孤独的意境"蓦地亮出獠牙，吸吮着心头的鲜血。孤独一层层缠绕过来，掐住莉莉的喉咙，瘟疫般收割着每一道孤独的身影……

　　九位女主人公，九份殊途同归的孤独状态，九种孤独的内涵和外延，在都市生活喧嚣的表象中，玛格丽塔·加西亚·罗瓦约准确地捕捉到孤独的镜像和投影、噪音与共鸣，将自己关于孤独、存在、性别和身份的思考铺陈在故事的细节之中，谱写出关于孤独的一曲复调大合唱。作家通过一系列巧妙的结构设定与关联，以特定的人、物、处所或情绪为经纬，将九篇故事扭结为一个有机的整体，相互支撑，互相补充，从各个层面展现"不可理解性和不可容忍性"的孤独实质。

　　首先是人物关系上的联结。作家笔下的人物游走复杂的人际交往之中：孤独的老妇人米里亚姆有个女儿叫迪亚娜，迪亚娜的表姐是贝亚特里茨，"有些事赤脚女人不能做"是她著名的口头禅。贝亚特里茨嫁给了阿图罗,她的婆婆患有老年痴呆,总是四处找一个叫吉米的人。吉米是《无知者出局》的主持人,那是莉娜偏爱的电视节目。莉娜还下注苏茜会赢得冠军,随着苏茜的失利,莉娜也失去了上电视的机会。阿图罗还是胡莉娅的那位秃头情人。胡莉娅的邻居是化妆品店店员莉莉,她觉得自己可以给胡莉娅一些情感建议。每次与阿图罗幽会,胡莉娅都会放非洲音乐,CD是索菲娅前男友给她的礼物,而索菲娅正陷入分离的哀愁中无法自拔,在酒吧里自暴自弃,完全忘记了和好朋友玛丽约好10点钟见面。玛丽的丈夫卡洛斯离家出走了,他在银行里当商业顾问,也是贝亚特里茨惨痛经历的始作俑者。在玛格丽塔·加西亚·罗瓦约笔下,每个角色都是复杂人际网络的一个结点,宛如小小的岛屿,被亲情、爱情、友情的暖流环绕着,似乎随时随地可以从周边获得强大的情感支持,轻而易举地抵御孤独的进犯。不过作家的故事走向总是出人意表,期待爱情的被爱情暴击,渴望亲情的被亲情拒绝,友情也会因为微不足道的原因而随时变得支离破碎,甚至连结识新朋友的勇气都荡然无存。没有人愿意成为孤独的小岛,但当所有的情感羁绊都不过是镜花水月,孤独也就变成了每个人的必修课。《有些事赤脚女人不能做》的女性角色们无计可施,无处可逃,无法言语,只能蜷缩身子躲进想象的孤岛,在窗外的艳阳下无助地舔舐孤独留下的一道道伤口。

某种特定的器物也具有结构连通器的功能。电视在《有些事赤脚女人不能做》发挥着重要作用。电视是麦克卢汉的所谓的冷性媒介①，造成了"受众的深入卷入"。荧屏上的人光鲜亮丽，魅力四溢，不停发射粉红色的泡泡。屏幕下的人心醉神迷，"收视者成了屏幕"，他们随着电视节目悲悲喜喜，哭哭笑笑，陶醉在他们喜爱的明星所扮演的角色中无法自拔，忘记了现实和虚幻的分野（例如作家在《玛丽》中提到一条社会新闻，一个小男孩渴望飞翔，他模仿动画片中的超级英雄从地铁窗子里跳了出去，被当场轧死）。电视节目《无知者出局》是莉娜的精神寄托，占据着她的私人空间和时间，操纵着她的喜怒哀乐。童年的苏茜曾在电视竞赛中屡屡获胜，电视给了她众星捧月的明星幻梦，让她成了父亲夸耀的谈资。然而一旦失去了电视节目所赋予的光环，在父亲、观众、世人眼中，"天才女孩"苏茜不过是个"应该稍微收拾一下自己"的小丑，她从来"没有与生俱来的美丽"，所谓聪慧的头脑也不过是电视节目制造的幻觉。米里亚姆也爱看电视。丈夫在世时他们一起看电视，一起讨论剧情和演员，电视为他们提供了交流的空间与话题，构成了一种愉悦的日常体验。丈夫去世后，她试图和女儿继续讨论电视节目，开开心心地聊天，但无论她如何焦虑地寻找女儿可能喜欢的话题，疲惫的女儿都毫无兴趣，通话总是在莫名的尴尬中匆匆结束。电视被放置在私人空间中，是外部世界进入家庭空间的通道，它的冷性媒介特质要

---

① 麦克卢汉认为低清晰度的媒介（如手稿、电话、电视、口语）叫"冷"媒介。因为它们的清晰度低，为受众填补其中缺失的、模糊的信息提供机会，所以它们要求人深刻参与、深度卷入，调动了人的再创造的能动性。（见何道宽《麦克卢汉〈理解媒介——论人的延伸〉中译本第一版序》。）

求观众的参与，共同制造意义，但当失去了谈话对象，电视节目失去了令人沉醉的魔力，仿佛永不停歇的背景音，嘲笑人们：瞧，你多孤单，一个人看电视，连说话的人都没有。

　　与电视相呼应的是窗户。玛格丽塔·加西亚·罗瓦约说过窗外的世界和窗内的人可以形成一种"陪伴的默契"，然而这种陪伴很多时候绝非全然无害。窗子通向外部世界，但它也是外部空间与内部空间的分界，构建了无声的区隔与隐含的阻断。胡莉娅会赤裸身体在家里走动，有时还会倚在窗旁向外看。她觉得对面的邻居可能在偷看她，但她身材好，从来都不介意。莉莉喜欢打开窗帘偷看邻居胡莉娅，暗暗地盼望胡莉娅也能"看见"她，但胡莉娅的目光从未在这个方向停留。窗子当然不会阻挡我们的视线，但也无法保障视线能够得到回馈。窗内的索菲娅裹着羊毛衫还感到阵阵寒意，窗外则"阳光明媚得刺眼"，男孩子和女孩子"沐浴在亲吻中"。一扇窗，分隔了两个世界，在别人爱情的映衬下，索菲娅的心碎和哀痛愈发破败不堪。米里亚姆住在一层，家里临街的窗子总是开着。丈夫活着时，他们喜欢搞搞无害的恶作剧，"朝着窗外来往的行人叫喊一些和他们般配的词语。（……）当行人看向窗内时，他们会装作没事儿人一样"。如今，她不再觉得这样做有趣，窗外熟悉的街巷似乎也"静得悲凉"，默默地向她发出死亡的邀请。窗子的确是面向外部世界的通道，不过如果窗内的人只有孤独相伴，当孤独阴翳了窗内人的双眼，窗子又会通向哪里？还有窗户玻璃。贝亚特里茨在街边的橱窗玻璃里看到了狼狈不堪的自己，玻璃像镜子一样映出女人或妆容精致或泪痕满面的脸庞、或娉娉婷婷或臃肿肥胖的身体。玻璃的反光仿佛世人无处不在的眼睛，肆意打量和品评女人的容貌、身材和仪态，令她们焦虑不安，被外貌苛求磨去了全部的自信，就连顾影自怜也成了孤独的奢求——"有多少顾影自怜的勇气，你才敢于增加一圈腰围呢？"

玛格丽塔·加西亚·罗瓦约在《苏达吉亚：拉丁美洲的故事》中说自己每到一个地方都会去当地的酒吧。酒吧是现代都市特有的风景线，在《有些事赤脚女人不能做》中，人物情绪失控的地点往往是酒吧。索菲娅在弗劳尔斯酒吧寻找慰藉的替代品，贝亚特里茨将保守多年的秘密告诉了弗劳尔斯酒吧的服务员。酒吧是充斥着陌生人的都市公共空间，没有人会在乎陌生人的哭泣或放纵，自然也无需为情绪失控承担后果。酒吧也是都市人熟悉的公共空间，它可能离家不远，可能是和朋友相约见面的固定地点，也可能是常常光顾的偏爱之选……酒吧服务员还往往出于职业需要殷勤地照顾客人的情绪，某些时候酒吧提供了一种特殊的安全感，促使人物释放情感。不过索菲娅和贝亚特里茨都心知肚明，酒吧里的温情不过是过眼云烟，附着无数企图的幻影，彬彬有礼地等待着她们支付高昂的代价。

除了人、物和处所这类的实体链接外，孤独是玛格丽塔·加西亚·罗瓦约拼接《有些事赤脚女人不能做》的特殊黏合剂。作家笔下的人物都处于情感问题之中,并被形形色色的个人困境推入孤立无援的境地。焦虑、执念、愤怒、无奈,她们找不到救赎的出口,只能在孤独中愈陷愈深,陷入彻底的自我封闭。正如克里斯蒂娃所言,"孤独吓到了女人们","孤独令人难以自持",家庭、亲人、爱人、友人都变得陌生起来,让她们不敢也无力与他人分享孤独,反而出于应激反应封闭自己,自己将自己"封闭在难以识别的痛苦中"。玛格丽塔·加西亚·罗瓦约在《有些事赤脚女人不能做》惟妙惟肖地再现了女性的孤独处境及其引发的种种问题。不过这些就是《有些事赤脚女人不能做》全部吗?玛格丽塔·加西亚·罗瓦约说过"要谈孤独,我知道我笔下的人物就应该是女性,因为她们在这个主题中是有功能性作用的。"的确,在呈现女性的孤独之外,作家利用精准的留白引导读者展开对于孤独自身的反思。孤独是女人特有的标签吗?孤独有没有性别属性?孤独是人的一种主观感受,"人情之所忽也,存乎孤独"。当人的情感需求和社会需求无法得到满足或充分实现时,无论男人还是女人都会感到孤独。它没有性别属性,它是人存在的一种常态。毕竟陪伴我们最长久的永远是我们自己。因为西班牙语单词"sola"不仅仅有"孤独""孤立无援的""举目无亲"的内涵,它也指"特殊的""唯一的""独一无二的""独自的",而"独自的",或者更准确地讲"独立"代表了"自我超越",即克里斯蒂娃所谓"女性天才所召唤的一种不可化约的特殊性"。这或许可以揭示"有些事赤脚女人不能做"的某些内涵。赤脚象征着女子身为女子的本心。贝亚特里茨一遍又一遍提示自己哪些事情不可以做，自己将自己绑缚在社会对女人的限制之中，带着重重枷锁奋力生活。但正如《贝亚特里茨》题记所示"在逆境中坚强，在逆境中重生"。在恐惧面前，她选择了行动。是的，"有些事赤脚女人不能做"，不能只顾影自怜，不能只自怨自艾，不能放弃，不能停止前行。

感谢中央编译出版社将短篇小说集《有些事赤脚女人不能做》引进中国。感谢翻译的妙笔。玛格丽塔·加西亚·罗瓦约认为写作是寻找理解世界和理解自我的一种方式。就此而言，《有些事赤脚女人不能做》不是一本为女人打造的书，而是写给女人的书。呼唤女性意识的觉醒，呼唤女性自我的构建，呼唤真正意义上的性别平等与自由。玛格丽塔·加西亚·罗瓦约强调随着社会的发展南美洲也出现了新时代女性。她们不满足社会角色的缺失，或者被固定在"好女儿、好妻子、好母亲"的传统性别角色上。她们有了自己的职业、自己的选择、自己的生活，勇敢地涉足传统上由男性占据的空间（职业、专业，甚至出入酒吧的自由）。或许作家笔下的女人们终有一天能剥茧而出，彻底打碎孤独的桎梏和自我桎梏，亦如克里斯蒂娃所言"当女人敢于知道时，她们就会变得真正美丽和自由"。有些事赤脚女人不能做！

北京大学西葡语系教师　许彤<br>
2019 年 3 月

# 译序

20世纪后期,拉美掀起了一阵以加夫列尔·加西亚·马尔克斯、胡里奥·科塔萨尔、马里奥·巴尔加斯·略萨和卡洛斯·富恩特斯等作家为代表的具有划时代意义的文学浪潮,被称为"拉丁美洲文学爆炸"。如今,一些女性作家和出版社认为,近年来,一场由女性领导的"新拉美文学爆炸"正在文学界孕育、萌芽。智利女作家保利娜·弗洛雷斯说:"的确,近年来,另一种'爆炸'在以一种新的形式出现。我认为这和出版社是有关系的,它们给予女性作家的空间越来越大。不管怎样,我始终相信,成为女性作家并不是一件新鲜事,也不是惊喜,因为读者更集中关注的不是作者是男性或是女性,而是好的文学作品。"[①] 而就文学作品翻译的数量和类型而言,文学意义上的21世纪当代拉美人,拉美

---

[①] 《论坛报》(*El Seminario*)对"拉美新女性文学爆炸"的主题评论文章。

女性的社会生活仍旧是一个空白点，我们需要了解当下的拉美，了解它最真实的一面。

玛格丽塔·加西亚·罗瓦约，哥伦比亚当代女性作家，出生在美丽的加勒比海港城市卡塔赫纳，现居阿根廷布宜诺斯艾利斯。她笔下曾创建过一个名叫"苏达吉亚"（*Sudaquía*）的博客和"怒放之城"（*La ciudad de la Furia*）专栏。"苏达吉亚"（*Sudaquía*）精彩地记录了拉丁美洲世界的各式风情以及各种优劣、善恶和根深蒂固的思想。南美人会嘲讽地自称"南美佬"（sudacas），玛格丽塔将这种幽默的自诩方式变成名词形式"Sudaquía"，来命名描写这片大陆的记录文章。"sudaquía"的成功带动了玛格丽塔另一专栏作品"怒放之城"的广受欢迎。这次她要讲述的不是拉丁美洲，而是直奔布宜诺斯艾利斯这座城市，讲述这个传奇城市不一样的故事。

玛格丽塔还为西班牙语美洲多种著名杂志写过新闻报道，曾在卡塔赫纳任电影分析教师，担任过由加夫列尔·加西亚·马尔克斯创建并主持的新伊比利亚美洲新闻基金会（FNPI）研讨会协调员。2010年至2014年间，任托马斯·艾洛伊·马丁内斯文学基金会（FTEM）常务理事。2014年获"美洲人之家"文学奖。其作品在阿根廷、哥伦比亚、墨西哥、秘鲁、西班牙和意大利等多国翻译并出版。

《有些事赤脚女人不能做》是她的第一部作品，于2009年在拉美首次出版，2010年相继在西班牙和意大利出版。讲述由九个女人主导的九个故事、九种生活的琐碎片段以及她们孤独和失望的情感。这部作品里的女主角和作者本人玛格丽塔一样，有属于她们的魅力。玛格丽塔2012年出版小说《即使一场狂风掠过》(hasta que pase un huracan)，并在2017年出版其英文版；2013年的作品《我没有学会的》(lo que no aprendi)也在2017年被译成英文；2014年，玛格丽塔以新作品《糟糕的事情》(Cosas peores)荣获当年"美洲人之家"文学奖；2017年出版她的最新力作《死亡之时》(Tiempo Muerto)，继续在文字里探索她曾经写到过的拉美大迁徙，丢失的民族身份，家庭关系，种族和阶级冲突……

2005年起，玛格丽塔开始了在阿根廷首都布宜诺斯艾利斯的生活，据她本人透露，她全新的写作生涯开始于阿根廷，《有些事赤脚女人不能做》这部作品的灵感也来源于在布市的生活。因为在卡塔赫纳，人们记得她，更多的是因为她身上的标签：哥伦比亚《宇宙报》(El Universal)的电影专栏作家，或者是哥伦比亚波哥大豪尔赫·塔德奥·洛萨诺大学的电影分析学老师，又或者是新伊比利亚美洲新闻基金会协调员。而在这座城市，她可以开始思考自己想做的事，不管是虚幻的还是现实的。自2005年至今，作者在布宜诺斯艾利斯全新的环境中生活已有十余年之久，她的作品风格和写作视角完全不同于之前描写女性的作家，以最贴近现实生活的语言和故事给我们展现了21世纪拉美的社会生活。就其本身而言，她可以算得上是一个有新想法的当代作家：不管从读者还是从作者自身角度而言，玛格丽塔·罗瓦约都不偏爱充满幸福感的"童话故事"。她认为，文学就应该完全贴近生活中的所见所感，她是现实主义者，所以她的作品中绝对不会出现魔幻主义元素。她笔下的人性就如同陷入沼泽地一样的困顿中，但我们总会有办法解救自己。比如，说到人性，她认为最重要的一点是要组建一个家庭，这是一个不可或缺的单位。所以，家庭是她特别钟爱的一个文学主题。而且，因为她不偏爱幸福的故事，所以她笔下的家庭也不一定是和睦的。对于阿根廷布市，一个多年来让众多其他拉美国家的人心生羡慕的地方，她提出一些不一样的看法。她在布市的十多年让她觉得，时间能让人明白：很多东西并不如你之前想象的那样。布宜诺斯艾利斯已经逐渐成为一个日益残酷的城市，这里的很多东西甚至不如拉美其他国家。正如她所说："就我的所见所闻，我发现它已经失掉了以前的光辉，虽然我不知道这种失去是从什么时候开始的。现在的布宜诺斯艾利斯只能和40年前的布宜诺斯艾利斯相比，甚至更糟糕。在这里的十年，我亲眼目睹了它的衰落，从最基本的收入，到基础设施建设、服务业、医疗体系等。"另外，她的作品点出了很多当代突出的社会问题，比如交流问题。她认为，这是一个零交流的时代。我们通过各种先进的社交媒体，可以和世界各地的人联系，表面上我们是交流过于频繁的，但交流的质量却日益下降。她的素材来源、灵感来源除了现实生活，还有她看过的电视剧和电影。她坦言，闲暇时间，她非常爱看各种电视剧和电影，所以我们可以在她的作品中看到电视这个元素反复出现，或作为一种批判的工具，或作为一种主题突出的手段。

这部作品的写作背景是一段特别的时期。刚来到布市的她，感受到了背井离乡的孤独，所以很想写一些和孤独有关的故事。那时，她努力地适应新环境，重新审视着自己的过去和家庭，因为在罗瓦约的童年和家庭里，女人扮演着一个非常重要的角色；她一直认为，加勒比地区的女性角色是既含糊不清又不可缺失的，她们总是异常温顺，但内心里又有着想要控制周围环境的强烈意愿。记忆里出现家庭里的女人再加上当下漂泊的境遇，于是有了谈论"孤独"的功能性人物：就是女人。

这是一部讲述九个女人故事的作品，通过九个女人独自成章又相互连接的九个小故事来谈论爱情、死亡、友谊、孤独、失望、空虚等主题。她笔下的这些主题不管是在文学里的生活中还是现实生活中都是易识别的，因为它还有一个共同点：即便再真实，总还是会有优美的光芒点缀。"孤独"则是整个作品的主线。玛格丽塔说："要谈孤独，我知道我笔下的人物就应该是女性，因为她们在这个主题中是有功能性作用的。我不是女性主义者，我不喜欢被人贴上标签，这些标签不能让我表现这部作品，因为，从某种程度来说，这是一次女人们自己写的文学作品。"①

　　她笔下的这九个女人究竟是谁？或许是一群她在现实生活中熟悉的女人的集合，她们面对着一系列困难的生活琐事，这些事情并不严重也不特别，但是她们无时无刻都要经历失望、寂寞、痛苦，终究，她们的生活还得继续。这种无奈的屈从什么时候会发生？玛格丽塔觉得，当人物和环境关系格格不入时，正是孤独出现的时候，很像她在布市最开始的时候。作者在一次采访中也提到过，这里描写了九个女人的故事，也可以说是为了一个女人而作——作者的母亲，玛格丽塔最熟悉的孤独女性之一。那么，究竟更像是她在布市生活里熟悉的身边女性的集合，还是以母亲为代表的加勒比女性味道更浓？让我们一起先去看看"女人们"的世界。

---

① 2009年9月6日，玛格丽塔·加西亚·罗瓦约接受阿根廷《宇宙报》对"她和她笔下的九个女人"的主题采访。

# 目录
Contents

莉娜　001

胡莉娅　013

米里亚姆　023

索菲娅　037

苏　茜　049

迪亚娜　061

贝亚特里茨　075

玛丽　089

莉　莉　101

**附录：海明威"冰山"理论视角下的孤独分析　111**

莉娜
*Rina*

哪怕我们是朋友,也有孤独的距离。

莉娜买了些糕点，以S型摆盘在一个圆形托盘里端上餐桌，桌上搭配紫色蝴蝶图案的台布。她早早穿上了她的蓝色长裙，漂亮得无可挑剔：这条裙子她只在多年前的一场婚礼上穿过一次，那次脱下来之后，莉娜就将它收藏在了一个浆过的衣袋里。而这次，虽然只是再家常不过的场合，莉娜心想，也值得稍做盛装打扮。再过几分钟，电视竞猜类节目《无知者出局》的冠军就要揭晓了，参赛选手苏茜以常胜将军的姿态已经一路挺进了决赛。

只有一次，苏茜在回答一个有关高级遗传学的问题时，差点失利。毫无疑问，所有人都希望她回答不出来。可怜的苏茜紧张得不能言语，她双眼紧闭，死死咬着嘴唇，双手搭在脑袋上，在铃响的最后三秒前（若铃声响起，将宣告她的失败）终于激动地喊出答案：

"多莉，是克隆羊多莉！"

现在到了整场竞赛最紧张的时刻，但是今晚的苏茜胜券在握，因为她有幸选到了最擅长的类别"初级西班牙语"；随后节目组将为她挑选她的答题对手。莉娜邀请了她的好朋友卡门一起观战苏茜的决胜篇章。她们俩都报名了《非参赛者之争》，这是一个押赌比赛，若下注的参赛者赢得决赛，下注人可以上电视参加一个特别节目，有机会赢得一个双开门冰箱的大奖。

《无知者出局，啦啦啦——！》节目暖场歌曲响起，伴随着身穿红色比基尼的舞蹈演员出场。"开始啦!"莉娜朝着还在卫生间的卡门叫道。今晚,被邀请的观众是阴郁花园养老院的老人们,他们扯着沙哑的声音齐声欢呼:"无知者出局!"舞台天花板的每个角落都悬挂着圆球形的聚光灯,节目主持人"吉米,非我莫属"所站的领奖台后放着一个大号的蛋糕。最初,这个主持人就叫吉米,当他小有名气后,他拍了那款牙膏广告,并且改了名字。广告片里一个女声提问:"谁拥有这样的笑容?"随后全屏出现一口洁白的牙齿,再慢慢拉开距离,慢慢拉开,直到露出吉米完整的面部,他回答说:"吉米,非我莫属。"

自从使用那款牙膏开始,莉娜每次看到广告都会叹息。但是倒不是因为这个原因她才一直关注这个节目,她之前就总看。她很讨厌现在的有些人,因为他们说起这个节目和那个吉米就像发现了"新大陆"一般。他们总跟她提"吉米,非我莫属",再也没叫过吉米这个名字。

"亲爱的,这些糕点有点干!"卡门把托盘从餐桌端到客厅茶几上。莉娜之前就想过把东西都放在茶几上,省得麻烦,但是她没有心思和卡门讨论这些事。

"不会,就和往常我们吃的一样呀!"莉娜回答道。

S 型的花式摆盘已经乱成了一团糟。

"我跟你说啊,它真的有点干。我跟你打赌,面包师傅偷换了奶油。真是难以置信,就是为了节约那一点成本……"

莉娜从第一期节目就下赌苏茜会赢，并且还买了节目周年庆推出的桌游卡牌"万事通"①。她每天至少仔细研究十张卡片。最近，每次看节目，她都假装自己是参赛者。先听问题，然后把电视机的声音关掉。而且她几乎知道所有答案，有时候甚至比那个苏茜回答得还快。莉娜向来认为自己不是那种自吹自擂的人，所以她从没跟任何人讲起过她答题的事儿，甚至连卡门也不知道，但是她确实连想都不用想就脱口而出克隆羊多莉的答案。

而卡门呢，只有当苏茜以很短时间通过了最难关卡时，她才会兴奋一会，最难的关卡就是那个"定价家庭菜篮子"环节了。卡门所累积的分数只够换一个小的家用电器，充其量，一个柑橘榨汁器罢了。

金发模特敲响了比赛的钟声。比赛即将拉开帷幕，老年团观众带着笑容渴望地等待着比赛的开始，时不时传来几声咳嗽。"吉米，非我莫属"一身绯红色西装，身体律动起来，脸上面带微笑。台面喷出烟雾宛若仙境。有时候，莉娜会想象她站在舞台上的情景，她被吉米提问有关各个演员的问题，这可是她从未失手过的环节。在她的想象中，吉米会身穿金色西服，而她则是一

---

① 万事通卡牌桌游（Sabelotodo）曾在20世纪80年代中期风靡于委内瑞拉，是委内瑞拉儿童和青少年喜欢的娱乐项目。整套游戏由一个棋盘、一个骰子、玩家卡片以及1000或者2000张带有问题和答案的卡片组成。游戏按轮玩耍，每个玩家在每个类别都至少需要回答一个问题。涉及的问题类别有：艺术和娱乐（粉红色卡面），地理（黄色卡面），科学（蓝色卡面），运动（绿色卡面）和历史（橙色卡面）。每个问题累计五分。当获得最大分值X时，你可以移动到棋盘中心，回答终极问题。

袭蓝色长裙。万事俱备，就差拿走那个冰箱了。但是离开舞台后的她又意识到自己身上的蓝色长裙不过是和那些舞蹈演员们一样的比基尼，唯一不同的是她的是蓝色的。于是她打开冰箱想要寻一处藏身地，正好遇见了躲在蔬菜冷冻格的卡门，她指着莉娜，哈哈大笑。

　　莉娜之前跟卡门说过，她会穿着这条蓝色裙子上节目。而卡门觉得这太过正式，想想苏茜那么不修边幅的打扮，她这样可能看起来会有点滑稽。莉娜早已经习惯卡门对她说三道四：她的朋友总是喜欢对各种事物评头论足。有一次，卡门说她受外国电视剧的影响而改变了说话口音这事，她们俩吵嘴弄舌了将近两周。但是关于这条裙子，莉娜是不会受她评论左右的，她每周都试那条裙子，卡门只得帮助她拉拉链。莉娜可谓是"真英雄"，一开始裙子对她来说比较紧，但是一直在慢慢变得宽松。她以洋蓟头为基础餐严格控制饮食。

　　确实，苏茜应该稍微收拾一下自己，在这件事上，大家都心领神会。但是莉娜从来不当众评论这事，而卡门却敢当着缝纫间里的其他女人评论苏茜的打扮，这让莉娜觉得她很没教养。

　　"有些人的脑子应该接受一下训练，而有些人应该训练一下舌头。"有一次莉娜这样跟卡门说完，然后丢下编织了一半的织品就扬长而去。

苏茜的对手是一个秃头胖子,一路披荆斩棘闯到十五关最后与之对决。苏茜曾在"民歌"类对战中打败过他。莉娜一看见他出场,就立刻想起那人,想起了那首古巴摇篮曲《圣母呀,孩子为什么哭?》[①],那家伙竟然不知道这首儿童歌曲的答案。人有时候真是愚不可及。

现在,苏茜是众人关注的焦点,她双拳紧握,正在努力思考一个问题的答案。

"她化了腮红。"卡门一边含着两块糕点一边说着。

"你说什么?"

"我说苏茜,你发现她化妆了吗?不过化与不化都一样丑。"

"她正在答题,你能别说话吗?"

卡门一声轻哼后又继续她的碎碎念。"那张桌布不是某个圣诞节我们第一次用的那个吧?是哪个圣诞节呢?是多久之前呢?谁送给你的?真好看……时间过得真快呀,我记得那天我们刚脱下丧服换上了粉色的裙装。"

卡门一边讲述回忆的场景,不时夹杂着几句笑声。在莉娜看来,那是一种低俗、尖锐刺耳的笑声。

"这个胖子真是笨蛋!"莉娜说道。她一直端坐在椅子上,

---

[①]《圣母呀,孩子为什么哭?》(¿Señora Santana, por qué llora el niño? )是古巴一首口耳相传的摇篮曲和儿童歌曲,拉美其他地区如墨西哥,或者独立音乐人对其也有改编版本。

目不转睛地盯着电视。时不时瞟见那些糕点一个接着一个迅速地从托盘进入卡门的嘴里。

"莉娜,刚才的问题是什么?"

"他真是个笨蛋,谁不知道答案就是过去完成时呀!"

"我说问题是什么?"

"他就是个智障!"

插播广告,莉娜端起空盘带进厨房,然而她起身的那一刻,突然感觉一阵窒息,因为她腹部的束腰带勒得太紧了。

卡门跟在她后面。"莉娜,那张紫色蝴蝶图案的台布是谁送给你的?"

"什么?"

"桌布,谁送你的?"

"我不知道,我不记得了。"

莉娜把盘子放进洗碗机,卡门正用之前盛过果酱的杯子在喝水。她满嘴面包屑,头发的发根有些花白,只有发梢还残留着染过的颜色。她确实需要好好染一次头发了,当然,也需要节食。卡门喝完水后将目光投向莉娜,脸上露出她招牌式的表情(她总喜欢评论各种事物)。

"你应该知道,这里是放不下那个冰箱的。"

"当然能放下。"

卡门再一次露出她的招牌表情:"你今天不该穿这身的,弄皱了你上节目就没法穿啦。"

"无知者出局,啦啦啦——!"莉娜听到节目音乐响起,犹如离弦的箭一样立刻奔向客厅,端坐在椅子上。她听见卡门在厨房里抱怨莉娜留自己在那儿洗盘子,但是让她担心的是,卡门会偷吃烤箱里的蛋糕,那可是用来庆祝的。莉娜掰响一个个手指头,活动活动关节,之后点燃一支烟,关掉声音,开始悄悄地答题。就这样,在卡门过来之前,她得以清静了一会儿。

"你疯了吗?"

卡门朝她吼完后在她旁边坐下,莉娜瞥见她正在用一张印有花纹的餐巾纸擦拭嘴边的脏物。这次,莉娜是想回答她的,她也觉得有必要做出回应,但要是她陷入一场唇枪舌战的话,就会错过接下来的比赛节目。所以她只是吸了一口气,在心里默数到五:一、二、三、四……

"五只老肥羊,名字叫卡门。"

她低声嘟哝着,叹了口气。

"你说什么?"卡门问她。

"请你闭嘴。"

又插播广告。


苏茜看起来紧张得快要窒息了。她不停流汗,浸得妆都快脱掉了。她和那个胖子打成平手,现在就差一关决胜负。莉娜再次握紧拳头。卡门点燃一支烟,站起身,开始小声地哼哼唱唱,之后再一次问起桌布的事儿,就好像之前压根没提过一样。如果苏茜失利,那卡门就是罪魁祸首:莉娜再明白不过了。要不是吉米马上要提的问题更重要的话,她真想大骂卡门"扫帚星!"莉娜把声音调大,仔细听着。在苏茜快要答题的时候,她又一次示意卡门保持安静。

"就是那一系列前置词呀 a, ante, con, contra, de, desde, para, por, según, sin, so, sobre, tras!"

莉娜大叫一声后,才感到稍微平复了一点。

然而卡门静静地坐在电视机前,向茶几上一个鸭子形的烟灰缸里抖着烟灰,那个烟灰缸非常精美,莉娜可是从来都没舍得用过。但是卡门一次又一次在那儿掐灭香烟,一副享受的姿态。莉娜推了她一把,因为她挡住了正在结结巴巴回答最后一题的苏茜。卡门做出挥手想要回击她的样子,大叫一声"哎呀",叫得很大声,但莉娜没听见,因为电视声音已经调至最大,整个房间响起的都是节目里敲响苏茜失败的铃声。

卡门沉默不语了,莉娜想,她肯定想安慰她,这没什么大不了,就是一个比赛而已,或者可以说一个比较愚蠢的比赛罢了。但是她却难过地快要哭出来了,她不想听卡门多说一句。而她那朋友呢,又把目光投向餐桌,指着那张桌布,脸上的笑容把脸都撑大了一圈。

"我想起来了,那张桌布明明是我送给你的呀!"

卡门得意洋洋的,当然,这并不合时宜。

"没错,一张和你一样丑的桌布。"

莉娜回答道,然后看着她,气得火冒三丈地又说了一句:

"扫帚星!"

随之而来的是一阵摔门声。那个胖子在节目里欢呼雀跃,雨滴一样的彩色纸屑洗礼着这个胜利者,养老院的老年观众把他围成一个圈为他庆祝。苏茜石化一般站在舞台深处的一角,眼睛直勾勾地盯在了地板上,一缕被汗水浸湿的头发遮住了她的一只眼睛。莉娜多希望这只是一场梦啊。想想吉米,想到他身上那件金色西服,想到他的笑容,她才稍微止住伤心。她自我安慰着,也许,那台冰箱的确太大了。莉娜深呼吸,数到五,长舒了一口气。她能够感觉到,裙子两侧的缝口正被狠狠地撕裂着。

胡莉娅
*Julia*

当期待落空,留在爱情里的尽是幻影。

一个处在爱情里的女人也可能是孤独的。

胡莉娅正朝超市的一号收银台走去：这列队伍只有三个人在排队等候。前面收银台的牌子上写着"最多十五件商品"。很难得有让胡莉娅觉得单身有值得炫耀得意的地方，这是其中为数不多让她享有优势的地方之一。看看她旁边，女人们推着满载的小推车转来转去，男人们一次又一次焦急地看向肉类区的队列，而这个区域总是最拥挤的。这也是为什么胡莉娅大概在一年前就成了素食主义者的原因。

正当胡莉娅准备排队时，一个身穿印花连衣裙的胖妇从她身边漠然无视地走过。那个女人的身后跟着两个小孩和一个步态蹒跚的老太太。她走在快速付款通道旁边的一个角落停下了脚步，把她买的东西分装在三个小筐里。

"费德里克你去排一号快速通道，玛利亚娜去排二号，我和你们的奶奶去排老年人通道，听见了吗？"

孩子们人手攥着一张钞票，提着他们各自的小筐立刻分散开来。孩子的母亲和老太太排在一列只有老人的队伍里，他们的筐里装着大豆纤维饼干。这家人的筐里装着一块鲜血淋淋的肉，几听啤酒，一个空气清新喷雾剂和六个普通玻璃杯。但是却没有一根可以给老人吃的蔬菜。

胡莉娅不敢相信那个胖妇会做这种事。已婚妇女真是胆大妄为什么都敢做。从何时起更年期的来临会伴随如此为所欲为的放肆了呢？胡莉娅想跟在她身后，大声揭发她，但是她自己不想那么丢脸：毕竟她不是那个穿花裙子的人。她决定最好通过超市管理人员去揭发她。她询问保安负责人的办公室，保安给她指了指尽头处的那扇门，她需要穿过蔬菜区。

"女士，负责人现在不在，他三点才到。"

"怎么三点才到？我要揭发一件事情：有个女人利用她的两个孩子和一个可怜的老太太抢先付款。这叫道德败坏，你听清了，道——德——败——坏！"

这个保安吃惊地看着她，用食指和大拇指框住一公分的空气，凭空比了一个让她稍等一会儿的手势。然后他通过广播找人。胡莉娅转了个身，刚好看见化妆品区墙面镜子里的自己。她已经忘记了自己穿着运动服，头上还绑着一个红色的头巾。因为她刚上完三小时的动感单车课程。可千万别以为这就是她今天一天做的事！当然不！还有那个胖妇，两个黄毛小孩儿和那个老太婆，够给她添堵的。

那个保安在和一些人小声说着什么，她想，接下来的场景应该就是两个壮汉告知这个身穿运动服的疯女人出口的位置，所以她灵机一动，放下她的篮子，悄悄溜走了。

在超市出口，胡莉娅遇见了那个女人的两个小孩，费德里克和小玛丽，他们已经付完款，正同街上的一只脏兮兮的狗玩耍。而他们的妈妈还没出来。胡莉娅在他们面前停了下来，仔细地打量一番：小丫头的一只眼睛好像有缺陷，那个小男孩倒还长得讨人喜欢。他们松开狗，冲着胡莉娅笑了笑。

"你们的妈妈不是个好人。"

她冲着他俩说道。而周围没有任何人。小孩儿们先是愣了几秒，然后小玛丽突然放声大哭。

胡莉娅回到家，脱掉衣服。她喜欢光着身子在屋里走动，即使没有窗帘的遮挡。有时候她觉得她对面的邻居在窥视她，但是她并不介意。如果她长得很胖，还可能会有所顾忌，但是胡莉娅很苗条，她总是对自己的身材引以为傲。事实上，她长得也不赖，但是身材尤为傲人。

她打开冰箱，发现空荡荡的什么也没有。借着冰箱的冷气可以让她放松身心：她可以在开着的冰箱门和空荡荡的冰箱之间足足停留十五分钟，让赤裸着的皮肤尽情吮吸冷气。据她了解，很多人都喜欢这样做，而且乐此不疲。

随后她给阿图罗打了电话，希望他来看看她，因为冰箱里什么吃的都没有，她快要饿死了。她跟他讲了超市里发生的事，甚至连她对保安说"道德败坏"的这一部分也毫无保留地跟他说了，唯一没说的是和孩子们的那个场景。阿图罗让她自己叫个外卖，因为贝亚特里茨现在在银行，他必须得照顾孩子。他说他们最好晚上再聊。

胡莉娅和阿图罗相识于两年前电影院的一块电影宣传广告牌前。她近视,正努力地挣扎着想要看清电影摄制人员名单。鼻子都快贴到了海报上,眯着眼睛,小声地重复念道:"导演、编剧……"过了好一会,她才发现她旁边的那家伙正看着她。那人正是阿图罗,他立刻走近她,问她是否需要帮助。

"不,我只是在看电影制作者名单。我不懂为什么这字写得那么小。"

阿图罗又看了一眼海报栏,指着其中一个说:"我给你推荐这部影片,是一个优秀导演的作品。"

那天晚上他们在胡莉娅家发生了关系。

"你喜欢那部电影吗?"

阿图罗一边问她,一边抚摸着她的头发。胡莉娅披散着一头长长的栗色直发,而阿图罗近乎一个秃子。

"你已经结婚了,对吗?"

阿图罗从床上起来,穿好衣服,离开了。第二个星期他又给胡莉娅打电话,问她想不想见他,因为他那晚有一会空闲。胡莉娅答应了。

胡莉娅什么吃的也没叫。她接了一杯水龙头里的水喝下,并放好了洗澡水。她探身到窗边,刚好和她邻居那满含哀怨的眼神相撞。虽然隔着那样的距离她看不太清，但是她做不到不盯着她的屁股：实在是很肥硕。

晚上阿图罗给她带来了一本汇集各种奇异鸟类的图册，这是一家银行出版的，应该算一个纪念品。

"为什么你认为我会喜欢鸟类？"

"我不知道你是否喜欢，但是胡莉娅，这是一本很漂亮的图册，那些照片拍摄得非常好。"

"我从来不喜欢什么鸟类。"

她从第一页开始翻看，接着说了声谢谢，在他脸颊留下一个冷漠的亲吻。阿图罗必须得早早离开。他们在一起的这两年，他从来没留下来过夜。

阿图罗一脸憔悴，哪里看得出一丁点丰神俊朗之样，虽然他从不戴戒指，但看起来早已是多年的已婚人士。另外，他每次一紧张激动，喉咙里就会发出那种奇怪的声音。那是一种很低沉的呻吟，就像一种庞大动物的恸哭。胡莉娅觉得有点像犀牛的声音。

"你的指甲划着我背了。"阿图罗说。

"啊？是吗？我没注意。"

胡莉娅关掉灯，让他再休息一会儿，之后她会叫他。阿图罗什么都没说只是闭上了眼。她从背后拥抱了他一下。卧室的门半掩着，走廊的灯光若隐若现，客厅的音响里正放着非洲音乐；这是胡莉娅前男友送给她的礼物，而他已经移居到了纳米比亚。每次听这盘 CD，她都会想，他怎么样了呢？胡莉娅偏偏只有阿图罗在的时候才会放那张 CD。

她看了一眼阿图罗背上的抓痕，再看一眼自己的指甲：修长的指甲，染以红色，鲜红艳丽的颜色配上她那白白净净的双手还真是完美佳作。胡莉娅起身去了厨房。点燃一支烟。打开冰箱：里面依然空空如也。她想，也许哪次阿图罗能带回点吃的，随便带什么，只要能带点东西那该多好。他只陪她去过那么一次超市：她开心得不得了，而他却紧张得要死。"没有人会看你的，你不要那么紧张兮兮的。"胡莉娅不停地说他。但他依然探视着每个过道，每个来往的面容，每辆小推车。不时发出那种怪声。他只要一激动紧张就会那样。

她从厨房出来，径直去了客厅。打开台灯，关掉了音响，但是各种鼓声韵律还在她脑海里缭绕。阿图罗的衣服被扔在了地上。她不想他走，她想他第二天陪她去超市。他的陪伴，这可是她日思夜想，梦寐以求的：哪怕是去买一块面包也好。

她熄灭了烟，在椅子上坐下翻了翻那本鸟类图册。

"太难看了。"

接着又看了一眼阿图罗的衣服。

胡莉娅听见卧室里有响动。阿图罗已经起来了。他一定很紧张,因为他刚刚做了噩梦,梦见了他的孩子们:他的小女儿在浴缸里差点被淹死,他儿子的眼皮被一只蜜蜂蛰了,差点失明;他妻子正准备拿刀砍向熟睡的他,猫正要吃掉他的睾丸。他总是梦见各种奇奇怪怪的东西。然后,她听见门被打开的声音,走廊里传来匆匆的脚步声和沉重的呼吸声,以及喉咙里的那种怪声。

"几点了?"

阿图罗没好气地问她。然而她并没搭理。

"我必须得走了,你知道我不能待太长时间。你为什么会让我睡了那么久?"

胡莉娅依然沉默不语,翻看着她的图册。

"我头疼,到现在那些鼓声还在我耳边作响。我不知道你为什么总要放那么难听刺耳的音乐。可能就是因为这个我才会做噩梦的……"

胡莉娅在椅子上假装什么都没听见,继续翻着那本图册,她戴了副眼镜。光着身子的阿图罗被灯光照得分成了几块。

"你怎么了?"他问她。

胡莉娅放下书,瞟了他一眼:被光照成了阴阳脸,就像戴了一副狂欢节的面具。

"什么我怎么了?"

"你在那一言不发,弄得好像我怎么着你了似的。胡莉娅,我现在没时间应付你的无理取闹。"

阿图罗环视了一下周围,继续说道。

"……贝亚特里茨会杀了我的,因为我太信任你了,现在我知道了,你根本不能理解,你也不知道管好你自己的情绪。"

她继续看那本图册,刚好看到介绍苏里南的金刚鹦鹉那页:绯红金刚鹦鹉,又名五彩金刚鹦鹉,生活在原生态雨林中……

阿图罗无头无脑地在屋里踱来踱去。

"胡莉娅,我觉得我们该谈一谈,但那也得是过几天了。你不能这样下去了,你听好了,你不能再这样继续下去了!"

他双手叉腰,径直走到她面前,想要再说点什么,但最后只是低下了头,长长地叹了口气。他的阴囊萎软地耷拉着。

"你知道我的衣服放哪儿了吗?"他问胡莉娅。

她舔了舔中指肚儿,慢条斯理地翻看着鹦鹉那页,打了个大大的哈欠后说:

"亲爱的,在洗衣机里。"

米里亚姆
# Miriam

一个失去丈夫、没有女儿陪伴的孤独女人,她的生活只剩下那扇玻璃窗,那台电视机和那根她喜欢得不得了的电话线。

米里亚姆坐在电话旁，焦急地盯着对面墙上的时钟。还差一分钟才到八点。几个月前，她发现，快走到十二的时候秒针就会颤抖，它似乎一直是这样，直到时钟敲响十二整点。从丈夫去世，她就发现了这个现象。米里亚姆还发现，医院的钟表总是颤抖得更厉害。她试着跟几个走得近的朋友解释这事，可她们说这挺荒谬的，她也就不再坚持了。后来，她想跟女儿迪亚娜说说这事，毕竟女儿那深邃的双眼更显聪慧，虽然女儿的双眸没有打断她，但更糟糕的是：那是一双带着沉默去审视她的双眼。女儿冷漠的态度才是最让她心中不安的地方。所以，在面对女儿时，米里亚姆宁可不再相信自己的这些发现，而是提及某本小说或者某个欧洲频道播出的纪录片作为和女儿聊天的主题。因为迪亚娜相信那些欧洲频道。

八点整。迪亚娜应该快下班了。米里亚姆经常跟她说，她日程安排太紧了，应该补充点 ω-3 脂肪酸。她拿起话筒，不慌不忙地拨通号码，为了能余出点时间让她开门、进到屋里等待。这也是因为，有时候，她操之过急，会拨错号码，接通到别家的电话。那部老式电话机也难辞其咎：这是那种带拨号盘的绿色电话机的通病。铃声响了五次都没人接。米里亚姆起身，迫不及待地重新拨通号码。她一边用耳朵和肩膀夹着话筒，一边点燃一支香烟。刚点着，虽然只是部分烟纸，烟头冒出一点星星火，也让米里亚姆长舒一口气。

"哎呀,该死!"

她大叫一声。因为烟从嘴里掉到了地上。

"你说什么?"

电话另一头的女儿回答道。米里亚姆捡起地上的烟把它熄灭。

"没什么。对不起,因为我刚才差点烫着脸。"

"怎么回事?"

"是啊,丫头,烫的是脸呀。你想想你妈差点因为一支烟而毁容。我的天呀!"

她吼了一声。米里亚姆其实很紧张。为什么偏偏是在她猝不及防的时刻电话就接通了呢?她很清楚迪亚娜忍受不了那样的粗话:她能立刻想到她那副皱着眉,失望摇头的表情。

"妈妈你在说什么呀?你怎么了?"

"我什么怎么了,闺女?该我问你怎么样,还好吗?"

米里亚姆拿起电话,从走廊的桌子走到电视机前的椅子。她让迪亚娜给她安了一根长电话线,因为她喜欢在房间里走来走去地打电话。不时在厨房里转转,或者去趟卫生间,又或许在窗前的墩座上坐上一小会儿。她住在朝向大街的一层,经常一边打电话一边看着窗外的凡尘世界,这样她能有不少事可以随意评头论足一番,她曾经跟缝纫间里的一个朋友讲过她当天下午瞧见的滑稽的一幕:她看见一个屁股肥大,却还身穿紧身衣的女孩。朋友说，如今的女孩们都不太懂穿衣打扮。

然而现在，米里亚姆没有兴趣再关注这些了。她坐在椅子上，打开电视。迪亚娜总是告诉母亲：她很累，她已经辛苦了一整天，她要去睡觉了，再见。

"怎么就再见了呢？不，丫头，再等一下。你现在没看《单身女孩》那个电视剧吗？"

"什么？你疯了吗，妈妈？我跟你说我刚到家，连包都没取下。你听见我说的了吗？"

"听见了，听见了，但是现在正演到让人难以置信的部分。你打开电视，快。"

"不，我不喜欢那些电视剧，我想休息，所以……"

"哎呀，亲爱的迪亚娜，拜托你就满足一下妈妈吧。我以你爸爸的在天之灵向你保证，就耽搁一小会儿。"

荧屏里正在上演：一个金发女孩照着镜子但是她并不认识镜子里的自己；在她身后，一个皮肤白净、嘴唇红润的年轻医生给她看了一个空的易拉罐。女孩哭了，不停地挠头。米里亚姆希望她女儿能去找遥控器，能走过去打开电视。迪亚娜当然可以边打电话边做所有的这些事，因为迪亚娜用的是无线电话。她听到了女儿那头电视演员的声音，刚好和她电视机里的声音形成呼应。她总想这怎么可能，它们为什么不同步发声。迪亚娜跟她解释过，这是一个物理问题，因为什么，又或许因为什么，等等解释。但是她始终不能理解：她们在同一时间通过同样的频道看同样的节目，为什么她这边的医生会比那边先说话？

"迪亚娜，你还在吗？"

"我在听，你告诉我，你想让我看什么，然后我们就挂电话吧。"

"丫头，你说一个人怎么可能吃了某种过期产品就失忆了呢？"

米里亚姆听见女儿沉重的叹气声。每次她生气又想克制自己的时候就会这样。但是她为什么会因为这样一个简单的问题就生气了呢？

"丫头，你为什么不高兴了？我想你能知道为什么，因为你总说最好吃新鲜的食物，那个单身女孩就因为吃了一个罐头就什么都不记得了，所以我觉得……"

"哎呀，妈妈，我不知道，不知道！我真的没兴趣讨论这些白痴话题。拜托，我想回家了，可以吗？就这样，再见。"

"迪亚娜，你不要这般厌烦我，我只是想我们说会儿话，因为我有事想跟你说，所以……"

米里亚姆没有再说下去。迪亚娜让她不要这样，不要给她压力，随后向母亲道了歉，让她十五分钟后再打给她。

为了散去屋里的闷热，临街的这扇窗户经常开着，另外，窗外的世界和窗口的米里亚姆可以形成一种默契的陪伴。她常常透过这小小的窗口驻足看着南来北往、各式各样的人流。她喜欢带着想象融入他们的生活。各色流动的人群可以从窗外看见窗内，也许在他们看来，米里亚姆正沉醉于电视里的世界，然而近来，她早就厌倦了，哪怕是她最爱的电视剧也已然是了无生趣。在这间屋子里，她还有什么可以倾诉的人呢？她想念和丈夫一起看电视的日子，怀念自己和丈夫认认真真讨论电视节目的对白。丈夫常常跟她抱怨，这个演员的演技不好，那个演员最好换一种发型，这个女人是何时恢复视力的……而米里亚姆会耐心地向他解释，不，亲爱的，她是在另一部作品里饰演盲人，出现在第十集中。丈夫也会抱怨，为什么电视的各个频道请同样的演员去出演所有电视剧，他说这样总会让人"分不清"。丈夫总是说得有理，但自从他去世后，又还有谁可以和她分享这些感受呢？和迪亚娜讲？不，那是不一样的感觉，女儿迪亚娜会很容易不耐烦。

米里亚姆看了看钟，连五分钟都没过。透过窗口，她看见街上一个男孩正在遛狗。

"嗨，那狗！"

她叫了一声，那个男孩转过头看了眼窗户。她立刻装傻，假装在看电视，好像从来没朝那只狗叫过一样。丈夫在世时，他们经常一起做这样的事：朝着窗外来往的行人叫喊一些和他们般配的词语。比如，他们会给一个一脸严肃的人取一个严肃的名字：

里戈韦托。当行人看向窗内时,他们会装作没事儿人一样。

以前她觉得这很有趣,但现在已不然。现在她要么待在缝纫间,而那里的生活让她厌烦,让她觉得百无聊赖,要么吃上几片镇静药。她不止一次想过把所有的药瓶都倒进喉咙里,打开浴缸的水龙头,浸入水中,闭上眼睛,永远沉睡。

她把各个频道都换了个遍:椰子香皂的广告,动画片,电视购物节目,"吉米,非我莫属",又是动画片,然后是《每日寄语》,《单身女孩》。她关掉电视,把电话线缠在一根手指上,她觉得这电话线太硬,太坚实了。她想电话线是不是电影里常用的绞刑道具。然后她突然想起有一次和迪亚娜看的一部电影中,一个男孩就是用电话线自杀的。而迪亚娜说她觉得那是一种粗俗的死亡。米里亚姆问她,那什么才是不粗俗的死亡呢?迪亚娜沉默了一会儿,当米里亚姆已经忘了那个话题时,女儿迪亚娜看了她一眼说:就像爸爸的死,明智地,默默地离去。那晚米里亚姆哭了整整一晚,迪亚娜却全然不知。她又去打开电视。全是广告。

已经十分钟了。可以打给她了吗?迪亚娜会察觉到这个时间差吗?米里亚姆拨通电话,正在通话中。她觉得很奇怪。难道是她打错了?她再拨一次,还是占线。又拨了一次,仍然没人接。米里亚姆心想,可能女儿已经不想和她说话了,她竭力克制着眼泪。又接着拨了好几次,当接通那一瞬间,她觉得自己之前的想法竟是那样愚蠢……

"喂，你是谁呀？"

她问接电话的那个男孩。

"关你老疯婆子什么事儿！"

那人真没素质。她接着拨电话。又一次接通了。米里亚姆祈祷着，紧紧抓住电话线。

"嗨，妈妈。"

迪亚娜接了电话。

"哎，丫头！你怎么知道是我？"

迪亚娜和米里亚姆都吸了口气。然后她说：

"我猜的。"

"哦。你刚才和谁通话呢？"

"我没有和谁通话。你快告诉我你必须要跟我说的事。你怎么了？"

"丫头，我不知道，但是我确实发生了一些事。"

迪亚娜再一次吁出一口气。

"发生了什么，妈妈？"

"嗯……比如，我今天吃了两次同样的药。有时候，我会有一种莫名的孤独感和一丝丝恐惧。"

"妈妈，你在恐惧什么？你可是住在治安最好的城区呢！"

"是的，这我知道。好吧，也不是害怕，是我觉得无聊，有时候，我会把无聊和害怕混淆在一起。"

"哎呀，妈妈，你不要再说这些傻话了，你怎么会无聊呢？你有缝纫间的那些朋友，还有那根你喜欢得不得了的电线。"

米里亚姆看了眼还缠在手指上的电话线。这才意识到血液已被紧紧缠绕的电线阻塞在食指指甲里。

"哪根电线？"

"还会是哪根？电视机的线，电视剧的线。"

"哦，是的，但是丫头，一个人看电视剧感觉是不一样的。因为你也不陪我，所以……"

"妈妈，我们可以不要每天都讲电话吗？你知道我不可能整天都陪着你。你也不要反说是我的错了。"

"不，不，迪亚娜，我没那样说。只是，我也不知道为什么，有时候我会想一个人不应该活太久。"

"哎呀，妈妈，你这样想很正常，因为你刚刚经历了一次损失。你又梦见爸爸了吧？"

现在该深呼吸的是米里亚姆了。这是她不能接受的：女儿把她当作一个愚蠢的老妇人。没有礼貌的小丫头，我怎么会生了你这么个东西！她好想朝她喊叫。她怎么敢把她的亲生父亲称作一种损失？米里亚姆回想起迪亚娜七岁时，她常常对她妈妈说想和她做一模一样的事：对着镜子坐在她旁边的小板凳上，模仿着她的一举一动。戴项链，涂口红，戴发卡，甚至连她母亲使唤佣人的样子她也模仿："玛蒂尔德，你去买三块鸡胸脯肉炖上，记得迪亚娜的那份不要放大蒜。"她女儿总是喜欢重复她的话,"迪亚娜的那份不要蒜",然后继续自己的乱涂乱画。但"好景不长"。十岁的迪亚娜就已经像个行家似的开始经常批判她了:我觉得这个发卡已经过时了,我们家里应该多吃蔬菜,妈妈,你为什么不用那支淡一点的口红呢?但由于小丫头对这类东西比较早熟,所以也没必要去管束她,米里亚姆从来没用手指着说她:死丫头,你不能这样跟你妈妈说话,或者其他的指责。

"妈妈,你在听我说话吗?我问你是不是梦见爸爸了?你还好吧?"

"我在听。但是,迪亚娜,我不是太好。我没有梦见你爸爸,要是能梦见倒挺好,我什么都没梦见。因为我经常失眠,可能你不记得我这个毛病了。"

她再一次哽咽,迪亚娜也沉默了。当然,她已经长大了,她不会再去嘲笑她那有点愚笨、可怜的老母亲。母亲的生命也不会延续太长。或许不是因年迈而自然死亡,也不是愚笨而死,而是因为倦于生活。唯一的窗户就是她通向外面世界永恒不变的途径。所以米里亚姆更喜欢看电视,至少她还可以切换不一样的频道。

"妈妈,我觉得你应该平静一点。"

迪亚娜开始向母亲列举她生命里可以被享受的美好:一个缝纫间,自由的时间,她为什么不约上朋友一起去乡间田野透透风呢？而作为女儿的迪亚娜，也可以陪她漫步，陪她享受逸情和淡然……她的生活充满着美好的点滴。

米里亚姆想透透气，她没有意识到自己闷得快要窒息了。她听着迪亚娜讲话，同时起身一手拿着电话机一手拿着听筒走去窗户边。窗外的街道静得悲凉，远处时不时传来汽笛的声响。米里亚姆觉得让生命终止在这样一个悲凉的夜晚倒也不错，她想这样告诉迪亚娜：我真想今晚就离开这个世界。或者她这样说会更好，她不想去乡间享受什么田园之景，她也没有什么朋友，而且她觉得缝纫是一件很无聊的事。但之后她想还是什么都不要跟她女儿说吧，因为她不想打断她，她只想听听她的声音。

一个脸色苍白正打着电话的女人从她窗户前经过，"晚饭吃四季豆吧。"那个女人说。

"吃胡萝卜！"米里亚姆吼了一声。

那个女人惊恐地看了她一眼，加快了脚步。

"妈妈，什么胡萝卜？你在说什么呢？"

迪亚娜的语气中透着愤怒。米里亚姆不想她生气，连忙说，不不，丫头，是因为那个可怜兮兮的女人一脸苍白，所以我……但是迪亚娜还是不太明白，问她哪个女人，她是不是疯了才会说这些话。米里亚姆说，不是的，亲爱的，是我在欧洲纪录片里看到的一个场景。

"你看的些什么东西啊！"

她女儿很失望地朝她大声说道。

"丫头,那个,胡萝卜可以使她面色看起来好一些。"

这次她再也没有强忍眼泪。迪亚娜叹了口气说:

"再见,妈妈。"

她挂了电话。米里亚姆心里透着一丝歇斯底里的怨恨:憎恨自己为什么要说什么胡萝卜。

索菲娅
*Sofía*

每年的秋天,是她的希望,也是她的孤独。

索菲娅突然惊醒。罗德里戈又一次出现在那个梦里。他为什么不能彻底地出现，好好地待在她身边而不再像这样只是在梦里留下断断续续的身影？梦里的他就像一个幽灵来去无踪。索菲娅起床后直接走向衣橱。因为在梦里，她梦见了同样的场景。当她打开衣橱门的一刹那，她和罗德里戈相见了，他扑过去抱住她，抱得如此紧，她甚至快要窒息。

索菲娅每天为罗德里戈从非洲的回程倒计时。她并没有一个确切的日期，但是每过一天就又少了一天，她就这样倒着数日子。她讨厌非洲。她从来没去过，但就是因为非洲是罗德里戈所在的地方，而他并不在她身边，这就足够让她希望那个地方最好从世界上消失得无影无踪。有一次索菲娅跟罗德里戈坦言，她真希望能有一场海啸卷走那里的一切，但她的想法让罗德里戈很厌烦，他让她不要那么自私。索菲娅心想，难道他就可以吗？他就可以那么自私吗？最终想说的话只是埋藏在了心底，她什么也没说。

索菲娅打开衣橱，把衣架移到一边。她想在那天把所有的衣服送去洗衣店，因为秋天总会让衣服蒙上一层霉臭味，最近刚好是秋天。又是一年之秋，索菲娅觉得罗德里戈很快就会回来了，因为他从没缺席过之前的每一个秋天。从他们邂逅的第一个秋天，他就陪在她身边，之后也一直都在。

索菲娅从衣橱里取出的第一件衣服是罗德里戈给她带回来的那件菱形花纹的羊毛衫。这是纳米比亚的杜泊绵羊羊毛。索菲娅捧着羊毛衫贴近脸颊，深深吸了口气。

"就是这味儿，"她说，"我真受不了。"

索菲娅把那件羊毛衫扔在床上。接着她脱下睡衣，穿上棉质裤子和她脱下扔在地上的胸罩。她去厨房弄了一杯橙汁，看见冰箱门上的一张便条，上面写着：和玛丽的十点之约。喝完果汁的她，屁股倚靠灶台，从餐具盒里取出一根筷子，盘了一个发髻。

窗外的明媚世界，一方秋意蓝天，还能看见一处有些破损的屋顶。她印象中那个雏鸽的小窝几天前还在，现在已经没有了。索菲娅抬高疼痛的那只手，借着阳光仔细端详：指甲周围满是倒刺。再看看掌心，满布沧桑的粗糙。她把喝完的果汁杯放在桌台上，回到卧室，拿起那件羊毛衫出门了。

秋日的气候总是爱和人开玩笑，阳光虽明媚，但索菲娅还是能感觉阵阵寒意。她用手捂住嘴巴，呼出一口热气来暖暖身子；接着又搓了搓手臂，还是冷得全身僵硬。她走进城区一个小酒吧，这是一间新开张的酒吧，店里人少，空空荡荡的，只有一个老头正在付钱点餐，他点了一份英式早餐。索菲娅要了一杯热奶茶。收银员是一个女人，她正拿着一本杂志扇着风。那个女人一直盯着她，冲她笑了笑，说她那天早上的发型很漂亮。索菲娅找了一张靠窗的小桌坐下，因为窗边的位置可以一眼看见罗德里戈的路过。

这时候的索菲娅已经不期待得知他回国到机场的消息。上一次索菲娅已经告诉过罗德里戈：让他不要浪费时间给她打电话，她希望他直接回家，她已经在家准备好迎接他了。她多么希望他的归来，能让一切都顺理成章地发生，他不再离开她去到那遥远的非洲，而是去药店买了棉花球帮她清洗手上的伤口。有时候她已经厌倦了这样一次又一次的等待。罗德里戈的模样在她的记忆里一点一点地抹去，她认为自己或许在一幕幕、一点点地忘记这个人，像大浪淘沙般。有一次她竟然记得他留有胡子，但事实上罗德里戈从来没留过。的确，罗德里戈的样子和其他男人的模样在索菲娅的记忆里慢慢地被混淆，因为那些男人都和他长得很像。倒不是想为自己辩解什么，她想，也确实如此，一个孤独女孩的身边总少不了这样或那样的插曲。可是如果她把这些事告诉罗德里戈合适吗？她并不后悔自己对他只字不提的做法，再说，她也根本不想跟他坦言什么。如果她坦白了，她就用一个理由，这也是唯一可以和他争辩的理由：是他有错在先，一个合格的丈夫不会扔下他的妻子那么长时间不闻不问，更不会跑去那么远的非洲治疗病人。她就打算这么跟他说。

他会怎么回答她呢？他一定会说，从一开始她就知道他的工作是什么,她就清楚一个医学科研者必须得东奔西走,这些对她来讲是一种折磨,但对他,是职业使命。难道她想让他找份银行的工作,然后一起期待去海滩度假?他还可能两只眼睛瞪得像铜铃,盯着她,审问她是否已经和某个"银行小柜员"上过床,或者说得更不屑一点,和某个"算账的"睡过,她是不是每月都会"奖励奖励"那个职员。他一定会用一系列指小词①去攻击她:因为这一向是他表达轻蔑的方式。接着,他可能会说些什么,比如,现代人的工作就是一种伪装的奴隶制,因为索菲娅恰好就是每天在一家投资代理行工作八小时的奴隶之一。

索菲娅不打算和他争辩什么,因为她不得不承认罗德里戈总是让人折服。罗德里戈是特别的,是出色的,是世界上独一无二的:这些她早就清楚。索菲娅在弗劳尔斯酒吧认识过一个男孩,在男孩邀约她去卫生间时,她就告诉过他,她的丈夫罗德里戈是一个什么样的人。男孩跟她说:我们去卫生间吧。就这样,他们一起进去了。他一字一句地说给她听,他开始亲吻她,嘴唇贴着她的脖颈,再含住她的耳朵,让她颤栗。当他关上门的一瞬间,她似乎全身都颤抖起来。男孩把她抱上洗手池,从下面撩起她的裙子,把手伸了进去。正是那时,索菲娅告诉男孩她已经结婚了,她的丈夫是特别的,当然,不是因为奇怪而特别,而是因为

---

① 指小词是语言中的一种屈折变化,主要用于名词和形容词,在本义上添加了小尺寸、年轻、亲昵、爱慕或庆祝等附加含义。此处表达轻蔑的含义。

才华而特别：他跟那些人是不一样的。正当她痴迷于对罗德里戈的自我欣赏时，男孩突然对她说，她的眼睛化得很漂亮，看起来很性感。那段记忆让她兴奋了好久！

索菲娅将羊毛衫的袖子拉到鼻尖的位置，深深吸嗅着。有时候她会想，再也没有比这更像丈夫的味道的了。从罗德里戈带回这件羊毛衫，他去纳米比亚已有三个月之久了。罗德里戈说，夜里天寒，她最好穿上它保暖，他说这是上等的羊毛：是由波斯羊毛和英格兰羊毛合织而成的。索菲娅只觉得羊毛的味道非常难闻。

上周，她在弗劳尔斯酒吧就是穿的这件羊毛衫，吧台的一个黑人小伙夸它很漂亮。索菲娅跟他解释，这是各种不同的羊毛织成的，是她丈夫带回来的，他可以摸一下，质地非常柔软。他的手指轻轻地摸在一团羊毛上，他说确实很柔软。好一会手指都舍不得离开那件羊毛衫。正在那时，玛丽来了，一把拽走索菲娅的胳膊，朝她吼道：你够了，索菲娅！索菲娅解释说她只是在跟他讲纳米比亚的杜泊绵羊而已，那个黑人朋友很喜欢它柔软的质地。索菲娅又想念那丝味道了，再一次将羊毛衫的袖子拉到鼻尖的位置。玛丽气得脸通红，更使劲地拽走她：走啦！直到玛丽的话惹得索菲娅也恼火了，她脱下羊毛衫，把它扔在地上：她哪里会在意来自旁人诧异的目光。谁又有规定必须要穿胸罩？

索菲娅醒了。她刚才睡着了吗？可能只是打了会盹吧。透过酒吧玻璃，窗外是一个公园。一个穿着短裤的女孩坐在公园的长椅上：双眼紧闭，用力咬紧嘴唇，似乎一定要咬破出血才会罢休。索菲娅收回视线，又把心思聚焦在罗德里戈身上。这时服务员为她端上了茶。这是一个新面孔：金黄头发，不到二十岁，脸色有些苍白，缺乏血色，那支夹在耳后的绿色铅笔和他那双眼睛十分相配。他看着她，但她躲开了他的目光。他问她怎么了。

"为什么这样问？"她说。

"因为您在哭呀。"

索菲娅摸了摸眼眶，让她十分惊讶，自己竟在毫不经意间涌出那么多眼泪。她腼腆地冲那个男孩笑了笑。这是一种低廉的腼腆，她心想：罗德里戈说她放荡，也还是有道理的。

"小姐，没关系的。您的眼泪就像断线的珍珠。"

那双绿色的眼眸，带着像诗人般的情意：她又一次想放荡了。然而，当男孩带着年轻人的那种浪漫柔情，温柔地亲吻着她的双乳时，索菲娅早已想好该如何去结束这一切：她会说她结婚了，她的丈夫是个特别的人。年轻的恋人总是喜欢在享受鱼水之欢的过程中嘟哝着绵绵情话，"这纤细的杨柳腰"，"这修长的玉腿"，他们偏爱诸如这样的耳鬓厮磨，呢哝细语，然后是性爱过后那或粗或重的喘息，直到有某个好心人的出现，善意地提醒他们，总是一成不变的性爱方式并不会让感情升温，反而适得其反。而索菲娅并不想当这个好心人。她把头倚在桌上，打了个哈欠，闭目养神。

茶水渐凉，表层开始附着一层奶黄色的薄膜。很薄，透着沉底的茶叶。索菲娅伸进食指，戳破那层奶膜，搅了搅。随手又在那件羊毛衫上擦擦，拭去水渍。邻桌吃剩下的一小碟果酱招揽来一只苍蝇围着它嗡嗡打转。记得罗德里戈跟她讲过，苍蝇是一种以粪便、伤口或溃烂处的脓液、唾液和腐烂食物为食的动物。他还跟她说，它们可以传播至少六十五种疾病，然后他一一列举：风寒、霍乱、痢疾、骨髓灰质炎、疽、麻风病、结核病等等。它们呕吐和排泄是同时进行的，之后栖息在自己的排泄物上。但她已经不记得罗德里戈是出于什么缘由会跟她提到这些东西了。

那个服务员已经回到吧台，但有点心不在焉的样子。显而易见，他想盯着她看，但又觉得难为情。这是索菲娅生来俱有的一种气质。她有足够的魅力可以立刻邀约他去卫生间，看看他能否又说出诗一样的句子。然而这又何必呢？还是让罗德里戈什么都不知道为好。事实上，她根本不敢向他坦白这些事。她知道罗德里戈会杀了这个人的：罗德里戈对什么都能说出个一二三来，唯独谎言让他无言以对。就连索菲娅自己也没法解释。

"您还想再点点儿什么吗？"

那个服务员已经站在索菲娅桌旁。他是怎么走到那儿去的？索菲娅把头扭向另一侧，完全漠然无视眼前这个天使般的男孩。

"打扰一下，我能做点什么让您不要那么伤心吗？"

男孩的话语里透着真诚，他的诚心打动了她，让她决定转过头来面向他，这个男孩终究还是成功了。但是当索菲娅从他那绿色的眼睛里看见了一丝怜悯时，她立刻起身去了卫生间。

索菲娅看着镜子里的自己，突然想起她已经好久没照过镜子了。丑陋的发型，红肿的眼睛，浮肿的脸，苍白破皮的嘴唇。汗水湿透了脸颊。她洗了把脸，放下头发披散着，蓬蓬松松，发质有些干硬。随后，把髻簪塞进裤兜出去了。索菲娅发现她的桌上已经被换上一杯热气腾腾的茶水和一张便条，上面写着：邀请她去他家。她捧起茶杯暖暖手。

玻璃窗外的公园里，那个女孩的身边多了一个男孩的陪伴，男孩头戴一顶鸭舌帽，他的手顺着她的大腿，一路向上。索菲娅凑近身子，这样可以看得更清楚，突然，窗外贴近一张女人的脸，面色煞白。她这才突然想起和玛丽的十点之约。玛丽敲了敲窗户，给她指了指手腕上的手表，看起来有些生气。玛丽走进酒吧，径直走向索菲娅的餐桌，落座在她对面。

"天哪，索菲娅，我等了你一个小时！我还以为你出了什么事。要不是这个人给我打电话我根本不知道你还在这儿……"

说完玛丽朝吧台看去，招呼了声："你好。"

"早上好，玛丽小姐。"

收银台的那个女人向她问候早安，依然手不离扇。索菲娅放下茶杯，从兜里掏出簪子。她本想束起头发，但是没成功。随后擤鼻，吐了一口吐沫。她觉得身上黏糊糊、汗涔涔的，汗水的这种咸味在热气里发酵着：就像一只坐在自己分泌的汁液里的苍蝇。

玛丽继续问她："你怎么又穿上这件羊毛衫了？不热吗？索菲娅，我拜托你了，难道你不明白，就算你坐在这张桌旁看着大街来往的一切也等不来罗德里戈的出现吗？"

索菲娅低下头，用那根发簪来回划着手上的纹路，使劲地戳着掌心。她感到了疼痛，将手贴近嘴巴：吸出了血。再看看手掌：每一道伤痕都等待着罗德里戈的治疗。然后她又开始在手上划来划去。玛丽一把抓住她的手，而她再没有力气挣脱开。

"够了，索菲娅，拜托你不要再伤害自己了。已经快一年了，你应该重新振作起来，回到工作，活出你自己的生活……"

玛丽朝吧台方向看了一眼，索菲娅也把目光抛向那边。那个金黄头发的男孩想要过去，但是被收银女人拦住了。索菲娅扔掉发簪，整只手，脸颊，甚至整个身子沉重地趴在桌上。

"玛丽，我想和我丈夫做爱，这是我梦寐以求的。你告诉我，他已经回来了，他现在在家等我，对吗？你快告诉我，求你了。"

玛丽打开包，拿出一张纸巾，轻轻抚开她前额的发丝，捧着下巴替她擦干脸颊的眼泪。

"嘘，别再说了，你太激动了。"

索菲娅看着窗外。秋天的树叶还隐隐透着一丝绿意，阳光明媚得刺眼。公园长椅上那对男女沐浴在亲吻中,女孩穿着短裤,男孩头戴一顶鸭舌帽。

"玛丽,已经是秋天了吗?"

索菲娅一字一句地问道。而玛丽,长叹一声之后只是摇摇头。

## 苏茜
## *Susy*

"天才女孩"的孤独来自于父亲的冷漠无视。

广播电台的报时铃声响起,苏茜又听见每天清晨那熟悉的频率和男声:"美好的一天,请探身窗外,记录美丽!嗨,新的一天,你好,我的窗户,早安,鸟儿们!"苏茜从床上一跃而起,倒不是因为听见那个男声,这是她早已熟悉的声音,而是因为她又一次梦见了爸爸。苏茜眼眶微微湿润,喉咙有些发干,她从来没有像这样想念父亲。上一次和父亲见面后,苏茜就开始无止境的想念。起床后,放好了洗澡水,她又抓紧时间在马桶上复习了一遍连接词。

前天晚上苏茜和养老院的医生进行了一次谈话。她恳请医生同意让父亲和他的伙伴们一起去现场看她的决赛之战。医生很难做最后决定,因为他坚持认为苏茜父亲如果看见她会产生很强烈的应激反应,难道她不记得上一次发生的事情了吗?她应该很清楚,不能再重蹈覆辙了:

"而且您也不适合参加,小姐。请原谅我这样说,但我认为那个比赛节目对您的心理健康确实是很不利的。"

苏茜泪眼汪汪,啜泣着向医生解释,从赢得第一场比赛,这一天她已等了好几个月之久。节目制作人说,如果她能进入决赛,她可以选择她的观众,苏茜立刻想到的就是邀请她父亲和父亲养老院的朋友们来观战。因为苏茜太了解父亲了,他最喜欢夸耀自己女儿。苏茜告诉医生,她真的费了九牛二虎之力才说服制作方,并且,节目组向她提出了很多可能遇到的障碍:观众若都是老年人,就必须请来护士同行,而舞台的灯光和烟雾可能会让他们紧张,如果有人就地小便了怎么办?

"但是我告诉他们这倒不是问题,因为所有病人都穿着尿布,对吧,医生?"

"当然。"

医生的回答很干硬。苏茜接着说,因此,在她的强烈坚持下,制作人不得不答应她的请求。医生一声叹气后,只能告诉苏茜说,他会再考虑考虑。

苏茜洗完澡,穿上一条灰色呢裙,搭配了一件白色的百褶袖衬衫,做好盘发后,坐在客厅沙发上开始复习语法书。节目组的车会在六点准时来接她,所以她有一整天的时间可以好好准备。

复习助动词的时候,不经意的抬头间,苏茜看见了电视机荧屏里的自己。刚刚束好的发髻已经有些发丝凌乱地垂落在苏茜耳畔。她试图打理那些零落的碎发:一次又一次地压平碎发,心中不免有些恼火,而刚看起来有些服帖的小碎发,又立了起来。她只有无奈地叹了口气。从小,苏茜的头发就很难打理,父亲只能把它盘成发髻。每次父亲给她梳头,穿衣或者系鞋带时,总是告诉她,人这一生只可能有这两种特质:要么漂亮要么聪慧。由于她没有与生俱来的美丽,她唯一能做的就是培养智慧。苏茜反驳说:但是爸爸,美丽也是可以培养的。现在回想起来,苏茜觉得这对于一个八岁的女孩来讲真是明智的告诫。但是苏茜父亲经常笑着跟她讲,不,亲爱的,你要做的是好好充实你的小脑袋瓜。盘好的发髻被父亲轻轻一碰,又有些散乱了。

苏茜合上书,闭上双眼,握紧双手,紧张地祈祷着:"拜托,拜托,希望爸爸今晚能来。"

她从椅子上站起身,探身窗户边。对面公园里,一对相依相偎的恋人,蜷在长椅上不知疲倦地亲吻着。

"Ósealo:亲吻;diáfano:明亮;gélido:冷……"

苏茜小声咕哝着。然而脑子里却是一片空白:她呆呆地望着公园,一动不动。苏茜小时候,在比赛节目决赛临近的前夕,她也会这样静静地发呆。今天,苏茜感到异常紧张,似乎是她参加决赛的首战之夜,而她也不知道这是为什么,她可是已经有过很多次决赛经历了。苏茜八次蝉联"天才女孩"的荣誉称号;后来仅仅因为节目组想给其他孩子一点机会,她才被迫退出比赛的。

但说实话,苏茜知道这次的紧张和以往都不同。这是一种激动的紧张:如果今晚爸爸会去,节目还是一如既往地进行。苏茜能想象父亲在演播厅到处寻找镜头,竖起大拇指的样子,他会拍拍伙伴们的背部,一一和他们打招呼。她希望父亲今晚还能这样做,因为父亲最近总是易躁易怒。大概从一年前,从那天她去养老院看他开始,他就爱发脾气了。苏茜父亲曾经喜欢住在这个地方,他在花园长廊里凑耳跟苏茜说过:这是一个美丽、精致的小家,不像她住的那个地方,像猪窝一样,又小又脏。而苏茜倒是觉得理所当然,毕竟她家也没什么特别之处。当他们刚进大厅,看见一群"老儿童"正在玩纸牌,父亲就一脸厌烦,她也不明白是为什么。

"爸爸,你怎么了?"

她问道。父亲什么也没说,只是使劲拽住她胳膊,拉着她朝大厅中央走去。

"伙伴们,注意了,这是我女儿苏茜:'天才女孩'的得主。"

父亲话音刚落,所有人都开始嘲笑他。苏茜立刻说:"爸爸,拜托你不要这样说。"父亲反而更用力地握紧她胳膊,他坚持说,没错,就是她:

"八次'天才女孩'的得主。"

父亲继续说道,要是电视台那些嫉妒者不截断她的参赛生涯,苏茜的获胜次数哪会只有区区八次。而且,现在早就已经没有什么真正的"天才儿童"了,现在的孩子都没脑子:他们成天在电脑上看些低级趣味的东西,因此,成人后的他们,就是一群彻头彻尾的废物。

"要么是吸毒者,要么就是一群妓女!"

"然而当他们步入迟暮之年时,就和你们这里的所有人一样,

一群让人恶心的老东西:

因为你们散发着一身的屎臭味!"

整个大厅顿时鸦雀无声。护士们试图让他平静,抓着他的肩膀让他放开这位小姐,他会伤害到她的。苏茜也在不停乞求父亲:"放开我,爸爸,求你了,爸爸!"之后,父亲不得不撒开手,接连后退好几步,用恐惧的眼神看着她。而苏茜,泪流满面,她试图靠近父亲,他却立即抱住了其中的一个护士,扯着嗓子大喊,那叫声让人毛骨悚然:

"让这个魔鬼离我远点!"

从那天以后,苏茜只和父亲通过一次电话,她刚报名了这次节目比赛,苏茜希望父亲可以从电视里看到她。虽然胜算不大,因为这是一场成人比赛,但苏茜还是跟父亲保证说,她会赢,她会再一次是那个"天才女孩"。父亲说很好,并叮嘱她不要忘了戴上那顶海军帽。然后就挂断了电话。

苏茜父亲第一次带她参加比赛节目,就给她穿上了一套海军装,盘发再搭配一顶小海军帽。那次,镜子前的苏茜,觉得自己宛若一个小男生。父亲却不这样认为,甚至说这样看起来比较可爱;而苏茜喜欢父亲这般的夸赞。苏茜的对手是一个小姑娘,一头金发像阳光一样披散在肩头,天使般娇美的面庞,拍过不少广告,也是众人眼里充满智慧的女孩。上台前,苏茜在化妆间里就跟父亲说:爸爸,她真是才貌双全。父亲笑了笑,亲吻了一下她的脸颊说："但是亲爱的，你的才华更胜一筹。"最后，胜利者是苏茜。苏茜父亲用比赛的奖金买了辆车，带她去到一个高雅、精致的餐厅，享受了美味的炸鸡。

多年后，苏茜得知那个曾经作为她竞争对手的金发女孩已经成了多部电视剧的女演员，名声赫赫。听到这里，苏茜心想，其实自己原本也有机会成为一名演员。回想起那次，一个男人走上舞台，在苏茜身旁坐下，向她告知他的导演身份，并表明想请她参与拍摄一个电视剧短片的来意：她将饰演一个才华横溢的女孩，同时因为妒忌遭到众人排斥。苏茜告诉导演自己并没有什么才华，兀自笑了一小会，然而那时候的苏茜舌系带过长，并不是一个爱笑的孩子。导演坚持说她是饰演这个角色的最佳人选，还逗趣地拍打着她大腿。于是苏茜只好妥协，但是她得回去问问她爸爸。

"不要脸，不要脸，不要脸！"父亲连骂三次不要脸。

这就是来自苏茜父亲的答案，加上接连的三记耳光。他本来还想继续，但苏茜嘴唇已经开始淌血。那天，她哭得从未有过的伤心。

此时此刻，苏茜的双眸噙满泪水。她哭着哭着就笑了，笑着笑着又哭了。苏茜转身离开窗边，擦去眼角的泪水，绕着客厅转悠了一圈，为一个陶瓷小象重新谋得一处摆设之地。回忆总是让苏茜局促不安：她必须放弃对过往林林总总的回忆，回到她的书本里。于是,对着电视荧屏,苏茜弯下腰,盘好发髻,抓起语法书,出门了。

"打扰一下,请问您是苏茜吗?"

空荡荡的酒吧,只有她和邻桌的一个女人。这是一个胖乎乎的女人,手里拿着纸笔想要问苏茜索要签名。她说她是节目的忠实观众,并且相信苏茜一定是当晚的终极赢家,因为……

"我不是苏茜。"苏茜回答说。

那个女人一脸诧异地看着她,随后笑眯着眼睛,竖起食指,轻轻地摆了摆。

"不不不。亲爱的,你就别骗我了。"她对苏茜说道。

苏茜的脸上没有露出一丝笑容,纹丝不动,继续看着她的语法书。那个女人别无他法,说了句,好吧,接着是一些低声的嘟囔,苏茜只能把它理解为是一些闲言碎语。

苏茜已经厌倦了粉丝那些事。以前她喜欢众星捧月的感觉,以前的她甚至不能理解为什么有些名人说他们不喜欢出名。甚至在她青春年少时,当在大街上被问道"你是不是那个'天才女孩'"时,她会激动地回答"是",兴奋之情溢于言表。苏茜上一次获得"天才女孩"称号只有十一岁,后来,虽然她有更多打算,但父亲只允许她拍了一组教科书的广告。那时,苏茜就已经是众人眼里的"小明星"了，小孩子们都会争先恐后地向她索要签名和合照。再后来，苏茜在超市排队付钱的过程中有过一次倒霉的经历。一个头戴棒球帽的男孩旁若无人地在她前面插队，视她为空气，还推了她一把，却连个道歉都没有。

于是苏茜敲了敲他肩膀："你不该站这儿。"

男孩扭过头看着她："你谁啊？凭什么告诉我我该站哪儿？可笑。"

苏茜习惯性地脱口而出："我是苏茜，就是那个'天才女孩'。"

起初，男孩有些茫然地看着她，紧接着，是咧嘴的一阵嘲笑，一嘴鱼味直接喷在苏茜脸上。男孩竟笑出了眼泪，他的购物篮，连同篮里的商品，全部洒落在地上。队列里的人问发生了什么，那个男孩指着苏茜，笑得话都说不出来。

苏茜耸耸肩，有些生气地说："我跟他说我是那个'天才女孩'。"

全场哄然大笑，苏茜把购物筐扔在地上，飞奔出去，坐在一个公园里，一直到夜幕降临。

苏茜头倚靠在一个躺椅上，一名女化妆师正在给她上腮红，另一个则负责帮她拆去她头发的发卡。苏茜不明白为什么她们要给她化妆，她自己可是从不问津妆容这类事。化妆师解释说因为观众评论电视里的她有点平淡，荧屏里的人都是那么光彩夺目，光芒四射。苏茜觉得她说得似乎有点道理。

"好了。"

化妆师说完，苏茜看了看镜子里的自己："我看起来像一个小丑。"

化妆师转过苏茜的椅子面向她，一脸嫌弃地看着她："亲爱的，你说得有道理。"

苏茜舔了舔两根手指的指肚，在脸颊上蹭了蹭，想要妆容浅淡一点。她的唾液里透着一股烟味。突然，化妆间的门被打开。

"她在这儿呢！"是苏茜的爸爸，手挽着一个金发姑娘进来了。

苏茜高兴地尖叫了一声，从椅子上一跃而起迎接父亲的到来。父亲一身棕色西服，头发抹了发蜡。苏茜想冲过去拥抱父亲，但是被他阻止了。

父亲说："等一下，你不跟她打个招呼吗？她可是你的第一个对手！"

父亲傻傻地看着这个金发姑娘，她的笑容是那般甜美可人，她亲切地向化妆师们问好，而她们惊艳于她的美貌，对其也赞不绝口，如此的花容月貌，美得那般倾国倾城，她饰演的单身女孩也是美丽动人。苏茜想告诉她们，所有的夸赞都是同义词，如此的重复并没给句子多增加任何意思，但是金发姑娘先向她抛出主动的问候。

"啊,苏茜,好久不见!"

她在苏茜脸上亲吻了两下,抓住她的手,祝愿她"亲爱的,好运!"可爱地眨了眨她那睫毛卷卷的眼睛向苏茜使了个眼色,然后非常确信地跟她说,她爸爸是个很有魅力的男人。接着她抛出飞吻说"再见,再见,我还有急事先走了",打开门,晃动着一头长长的耀眼金发,消失在走廊里。正当父亲也要跟随出去时,苏茜拦住了他:

"爸爸,你能来真是太好了,我非常开心!"

接着她拥抱了一下父亲。他回答:"是的,当然。"然而父亲一脸诧异地望着她,似乎从来不曾认识面前的她。

"你怎么了?"苏茜问他,然后突然想起那顶海军帽。她碰了碰那被发卡和发胶竖直起的头发,想要跟她父亲道歉。

"你看起来像个小丑。"父亲说道,然后探身看看门口,遗憾那个金发姑娘已经离开。苏茜看了看周围,这才意识到化妆师们也走了,于是她舔了舔指肚,抹淡妆容。父亲还站在门口,苏茜走近,跟他说:"爸爸,她真是才貌双全。"

父亲留下一个肯定的答案。再也没有多看她一眼,在走廊里扬长而去。

迪亚娜
*Diana*

任何一个第三世界国家的人都能获得的奖学金真的是一种值得庆祝的荣耀吗?

迪亚娜按下表姐家的门铃,大门刚打开,孩子们就向她一拥而上。玛利亚娜穿着一件粉红色蓬蓬裙,费德里克的是一件长袖方格衬衣,他肯定热坏了。他俩就像蛋糕小娃娃。

"快松开,别弄脏小姨了。"

表姐朝孩子们吼道。她穿了一条迪亚娜之前从未见过的印花连衣裙,头发蓬蓬松松,软软绵绵的,很显然,她常用增发密发洗发露,另外,还化了一个淡妆。迪亚娜俯身亲了亲孩子们,玛利亚娜和费德里克吊着她脖子:

"小姨小姨,你给我带了什么呀,小姨小姨,费德里克打我!"

"小姨小姨,玛利亚娜在说谎,小姨,你给我带了什么小礼物?"

迪亚娜只带来了一瓶红酒。她呆站着不知所措。孩子们拽着她的手把她拉进屋里。迪亚娜环视一周客厅,一眼看见那张专为特别的日子而换上的绣花桌布,平日里总被防尘罩遮盖的家具终于有机会露出它的本貌。屋子里满是空气清新剂散发的花香味。当看到自己一身再随意不过的打扮,一条洗白褪色的牛仔裤和一件基础款的衬衫,便脱口说道:

"所有人竟都如此优雅!"

表姐抚了抚裙子,接着说:"嗯,今天是个特别的日子:迪亚娜获得奖学金是一件值得庆祝的事，此外，我们还要为她举行一个难忘的家庭饯行。"迪亚娜已经说过，她要一个月后才走，他们还有足够的时间依依惜别，然而表姐执意把饯行会安排在当天。她说，一个月的时间转瞬即逝，迪亚娜将会是一个"重要人物"，到那时，她可能就不会再有和他们聚会的时间了。

对迪亚娜而言，"重要人物"这样的词听起来很是刺耳。她怎么才能让表姐明白这就是一个鼓励第三世界年轻人学习的奖学金，只要你属于第三世界，无论年纪，哪怕像迪亚娜一样已经过了风华正茂之时，只需要在一张纸上写明：我来自欠发达国家，是黑白混血种人，所以呢，我应该得到批准，否则我会去告发你们。迪亚娜之所以不得以去申请奖学金，也就是因为没通过学院对教师的考核，被学院开除了。那个呆头呆脑的校长和颜悦色地跟她说："老师，你得好好准备呀。"然而迪亚娜的回答是："好好准备就是为了给那群傻子上课？"那家伙一脸茫然地看着迪亚娜，随后拿起电话叫保安带她出去。事情愈演愈烈，迪亚娜丢下一句："不用麻烦了，我知道出口在哪儿"，然后摔门而出。

如今，这座城市唯一留给迪亚娜的，只有一个从失去丈夫后就开始疯言疯语的母亲，和一身庸碌无为的臭名：这倒也说得过去。谁愿意雇佣一个行为过激，连一个中学毕业文凭都没有的白痴当老师？世界上哪里还会缺少行为有问题的教书先生呢？但迪亚娜若把这些话说给表姐听，她会有多伤心，如果她不记得了,迪亚娜可以呜咽着告诉她,自己就是一个连中学都没有毕业的人,甚至不如母亲。迪亚娜的表姐没有兄弟姐妹,从小就把迪亚娜认定为她唯一的亲人。真正的血缘关系或许还不那么牢固,他们甚至都不同姓,但是表姐坚持认为她俩像一对被生生分离的孪生姐妹。

"迪亚娜,你不要拘束,随意点。"

表姐从迪亚娜手中接过那瓶葡萄酒,"真精美!"孩子们围着迪亚娜蹦蹦跳跳,念念不忘他们的小礼物。迪亚娜在包里翻寻一阵,她只摸到几张纸,手机,和绑头发的头绳。直到摸到一个身穿伦巴舞裙的贝蒂娃娃钥匙圈,她把玩偶从一串钥匙上面摘下。

"拿着,宝贝,这是给你的。"

玛利亚娜双手抓着这个橡皮做的玩偶,盯着它的小眼睛,不停转动它的头,直到她觉得对正了。因为玛利亚娜有点斜视。然后她问为什么贝蒂娃娃脑袋上挂着金属小环,而迪亚娜一时不知道该怎么回答她,但费德里克却有回答的妙招:

"因为她生病了,所以他们要在它头上放上一个金属板。"

他一本正经地解释道。玛利亚娜惊讶得张着嘴,眉头紧蹙,难过的眼神就像是快要哭出来了。于是迪亚娜立刻补充说它没有生病,这个是……

"是她的皇冠!"

"啊!"

小丫头惊叫一声,连忙亲吻了贝蒂好多下。现在就缺费德里克的礼物了。迪亚娜又在包里翻弄一圈,发现了一支黑色铅笔。正好还可以写字,但橡皮擦已经用完了。

"费德,这是给你的。这支铅笔没有橡皮擦,因为你已经长大了,不会经常写错字了。"

"啊!"

迪亚娜从来不会送他们什么精美的礼物,但孩子们还是总会因为收到小姨的小惊喜高兴得手舞足蹈。迪亚娜还记得,那次她给费德里克买了件小了两个尺码的衬衫,但费德里克还是坚持在下午的生日聚会上穿上它。他看起来像个小战士,可怜兮兮的,但依然带着小孩子那种烂漫的欢乐。小丫头正和小玩偶玩得不亦乐乎,那个贝蒂娃娃丑得像个怪物,像科学怪人弗兰肯斯坦的女儿。

表姐把葡萄酒带进厨房,一听到门铃声,就连忙去开门,也不忘用手随意梳理一下头发。她急匆匆地朝门口走去,高跟鞋踩在地板上,发出清脆的"哒哒"声,脸上淌着汗珠。迪亚娜也想去开门,但表姐抢先一步,抓住她的肩膀,把她轻轻拉向一边,像对待一个易碎的花瓶般小心翼翼。

"不,亲爱的,让我来。"

门口站着一个老太太,头发花白,挽着一个发髻,脸颊上抹着厚厚的腮红。

"吉米是住这儿吗？"

老太太问道。表姐拉着她的胳膊把她带进屋里。

"迪亚娜，你还记得这位弗洛尔太太吗？她是我婆婆。"

"啊，是的，我当然记得。"

迪亚娜想起来了。她亲吻老太太的脸颊，向她问好，而老太太却是一脸疑惑地看着迪亚娜。弗洛尔太太患有老年痴呆，她经常在小区转悠，挨家挨户地询问一个叫吉米的人是不是住那儿。而这次，表姐向弗洛尔太太解释，她已经让丈夫挨门逐户地去找她，因为她不应该缺席这顿午餐，这是一个全家的午餐聚会。

"迪亚娜，你看，你就要离开我们远去国外了。"

这时表姐的丈夫刚到家。

"恭喜呀，我们家的爱因斯坦！"

他一见迪亚娜就热情满满地向她表示祝贺，但由于没人理解他这玩笑什么意思，他不得不解释一下。

"爱因斯坦，就是那个天才科学家呀。"

这再明显不过了，从他脸上的表情，能体会到这样的意味。话音一落，又是一阵大笑，接着，拥抱迪亚娜，在她脸上落下一个湿漉漉的吻，迪亚娜只好悄悄地擦去那湿润的吻迹。孩子们坐在客厅地板上摆弄他们新入手的"礼物"，一看见爸爸，便蜂拥而去向他展示小姨送给他们的礼物。迪亚娜低下了头，有些不好意思。费德里克和玛利亚娜跑出屋外，爬上父亲的车，按响车喇叭，这是一辆富有"年代感"的轿车，鸣笛声深沉而微弱，像一种受到抑制的打嗝声。对弗洛尔太太而言，似乎传入的是一阵震耳欲聋的轰鸣声，她不得不捂住耳朵。

  午餐是迪亚娜最爱的肉卷。姐夫打开红酒，称赞说，这是瓶好酒，醇香甘美，不过他更想来杯啤酒。表姐自斟了满满一杯浅玫瑰色的汁液，她用的是一个平底玻璃水杯，因为已没有多余的酒杯了。迪亚娜知道，在这个小家里，只有一个高脚酒杯，并且总是为她所用，即使迪亚娜喝的是普通白水。表姐总是告诉她，"你必须习惯用高脚杯喝东西"，因为在表姐的认知世界里，用高脚杯喝东西是高雅和身份的象征。

  "我还是更习惯用玻璃杯。"

  迪亚娜说着便走去厨房。表姐立刻起身，嘴里塞得满满的，嘟嘟囔囔地让迪亚娜坐下，她去就好。但迪亚娜已经拿着杯子返回了。表姐只好站住，只是问她是否拿对了，因为她也没有更多现代时尚创意的玻璃杯了：比如那些百宝箱栏目里精美时尚的杯子。不过，她确实打算去买一个……

  "没有拿错。"

  迪亚娜简短地回答表姐后，让她坐下。表姐踩着哒哒作响的鞋跟连忙回到餐桌,脸上露出笑容:现在一切都妥了!倾杯而饮后:"亲爱的妹妹,你确实应该对这些事有所了解。"她告诉迪亚娜,她的一个发小不久前刚结婚,对象是一个双姓的家伙。

"她还上报纸了呢。一头金发,尽管如此,但是看看她的出身呢。有钱人都是那么逊色,这个女孩就是那种索然无味的人。你还记得她吗,迪亚娜?"

为什么迪亚娜会想起一个第一次在她面前被提到的人?迪亚娜说她并不记得,表姐根本没听见迪亚娜的回答:不停地往自己杯中掺酒,玻璃杯被沾上了口红印。"干杯!"说完,她抿了一口,放下杯子,随之,餐桌上的餐具像一阵多米诺骨牌,跟着颤动起来。她的独白还在继续。

"……那个女孩一直就梦想着偶遇一个百万富翁,你看看她什么样,一副讨人厌的长相。我倒不是嫉妒她交了那种好运,相反,我一点都不羡慕。有什么好羡慕的呢?我也是一个被幸运眷顾的人呀:我有一个模范家庭,我还有你,那么聪明的妹妹。这不是幸运是什么?"

姐夫打断了表姐:要说幸运,我们家拿到大奖的"爱因斯坦"才是呀。迪亚娜心想,很显然,这是一个以她的痛苦为基础的庆祝会。肚子里空空如也的迪亚娜,终于一块肉完美落肚。

"什么大奖?"

迪亚娜心不在焉地问道。

"就是你去国外学习的那个大奖,我不知道这是什么……"

他解释说。表姐微笑甩头,颇像一个歌者在唱歌时的十足酷味,转而告诉丈夫,他不要总是笨头笨脑的,那不是大奖,是奖学金,但表姐丈夫还是不太理解这些东西。他说,大奖也好,奖学金也好,都是一回事,反正就是有人奖励她出去做一些她想做的事,虽然我不懂她想要做的是些什么。

"是不是,爱因斯坦?"

对迪亚娜来讲,"想做的事",这似乎是一个有些残忍,并且颇含讽刺意味的笑话。近来,迪亚娜发现,她的生活可以归结为一场耗竭,一切都不是她所求,也不是她所愿。弗洛尔太太看着她:迪亚娜的妆有些花了,这份残妆略增她的悲凉之感。其他人也都望着她,好像在等待她说点什么,等待她举起手,或扬起眉欢呼,又或者撒下庆祝的五彩纸屑。不管她得到的是一个大奖也好,奖学金也好,还是给予一个庸人至高无上的荣誉也好,又有什么重要的呢?这样的聚会上,这些都是微不足道的细节,不是吗?

"是的,你说的对。"

迪亚娜说完喝下了那杯酒。

"亲爱的,你觉得呢?"

表姐丈夫问,表姐只好说:"好吧,叫什么名字都一样!你们还是好好举杯庆祝吧,因为迪亚娜很快就会出名,你们都会跟着沾光的。"说完,她还清了清嗓子。

"费德里克,拿起你的可乐像我教你的那样跟小姨碰杯。玛利亚娜,你端着你的奶瓶。不,弗洛尔太太,这杯是我的,您以水代酒吧。拿着,亲爱的,这是你的啤酒。好了:现在我们一起祝愿我们亲爱的迪亚娜,希望她……"

"希望她不要生病!"

玛利亚娜大声说道,随后,她抱住那个穿着伦巴舞裙的贝蒂娃娃:亲吻它带妆的小脸,亲吻它那副黄色的耳环,亲吻它五颜六色的发饰。费德里克想要从她手里抢过那个娃娃。

"费德里克!"

表姐抱起玛利亚娜,费德里克拿走了玩偶,绕着客厅跑来跑去。姐夫在后面追个不停。

"这熊孩子要把我惹恼火了!"

他一边抱怨道,咳嗽了几声。玛利亚娜哭得像个泪人,表姐气得直跺脚。

"你们非要在祝酒的时候给我整这一出,讨厌的家伙!"

费德里克突然停住了,说他是专吃玩偶的怪物,然后一口咬下贝蒂的脑袋吞了进去。他被卡得使劲咳嗽,姐夫将他连脚倒提,抓着他脑袋抖动。

"快吐出来,该死的家伙!"

表姐大叫:"孩子脸都发紫了!"

快要天黑了。表姐陪着迪亚娜一起在门口等出租车。表姐跟她解释说,他们正在教训费德里克。不仅仅因为在午餐时他上演了让大家都不愉快的一幕,还因为他们带他去看医生帮助他吐出这个玩偶脑袋时,他还朝那个非常和蔼可亲的护士小姐吐口水,嘴里说着些不礼貌的话。现在他爸爸正在和他进行一次男人之间的谈话。玛利亚娜已经睡着了,弗洛尔太太也走了,对弗洛尔太太而言,似乎没有人会是让她操心的。

"唉,迪亚娜,真对不起。你可能会说我们真是一家疯子。"

表姐整个下午都在请求迪亚娜原谅,每句话都带着啜泣。迪亚娜嘴上不停地重复,让她不要担心,她能理解,小孩子就是这样……而一心只想离开这里。表姐丈夫拿着一张手绢擦拭额头上的汗珠,手里攥着一张笔记本纸,从走廊里走过来。

"费德里克说请你原谅他,他想把他用你的那支铅笔作的画送给你。"

迪亚娜看见画里穿着一条公主裙的自己,胸口写着:"我美丽的小姨",身边围着一群小玩偶:他的妈妈、爸爸、玛利亚娜,和弗洛尔。迪亚娜突然听到表姐的哭声,这次的哭声带着涩涩的沙哑,她哭得很伤心,心就像玻璃一般被摔成了碎片。

"为什么我生活里的一切都那么糟糕?"

她痛哭流涕。看着那圆圆的脸蛋,脸上的脂粉被泪水沾湿,跟个伤心的小丑一样,迪亚娜突然好想抱抱她,好想告诉表姐其实她也不好。迪亚娜多想撕掉那幅画,闭上眼睛,重新活一次,过另一种生活:虽然她并不知道她到底想要什么生活,但至少不是这样的。她咽下口水,走近表姐,她们离得那么近,她能闻到她呼出的热气残留着葡萄酒的香味,迪亚娜抬起手摸着她。远处的街道闪过一缕刺眼的灯光,迪亚娜不得不欲言又止。她立刻放下手,整理一下背包,说了句:

"再见,我的车来了。"

# 贝亚特里茨
## Beatriz

在逆境中坚强，在逆境中重生。

贝亚特里茨早早来到银行。她觉得办理这类业务最好是当天的第一个客户。或许，换一个人会觉得这是非常恼火的事，而贝亚特里茨却处理得当，巧妙避之。她微笑着向保安打招呼，问他哪个柜台可以咨询关于房贷的信息。保安给她指了一个窗口："商业顾问。"

走过去之前，贝亚特里茨抚平裙子上的褶皱，在门厅的一面镜子前悄悄转着身子，看看镜子里的自己。她穿得挺像样，看起来是个魅力四射的女人，但这只是外表的体面，实际上她正处在经济拮据的阶段，她需要一点帮助。不，不是因为贝亚特里茨和丈夫没钱买房子，她会这样跟顾问解释，他们不太想花费掉储蓄的存款，因为他们还有未偿还的债务，所以这个时期不适合使用存款购房。另外，贷款也是一种金融市场上获取资金的方式。是的，贝亚特里茨知道该怎么说。阿图罗事先就教过她，她只需要换上一件紫色裙装，精神地束起头发就行了。

贝亚特里茨径直走到那个窗口，还好，空无一人。商业顾问也不在，但是她还是坐下了，跷起二郎腿，用手拨弄着头发。她扎着一个松松的马尾，如有需要，她可以随意将头发散开来，而与其对话者可能只会注意到她脸的轮廓有稍许变化，对他来讲，确实不太容易察觉到——贝亚特里茨希望是个男顾问——这样能让她看起来更性感一些。

商业顾问一来就先为他的迟到表示了歉意，然后才在贝亚特里茨面前坐下来。她双手撑在柜台上，靠近他，为了看得更清楚：她简直不敢相信。

"没错，就是你这个变态。"

贝亚特里茨站起身，一边背地里骂骂咧咧，她环顾了下四周，神色紧张。商业顾问却一脸茫然，贝亚特里茨不敢相信这个家伙竟然认不出她了。然而她并不想再等着去验证什么，转身便朝门口走去；如风的步伐，以至于下台阶时扭断了鞋跟。银行正好面朝大街。贝亚特里茨只好停住脚步，弯下腰，试图修好鞋跟，然而她并未成功，走起路来还是会左右晃动。该死的鞋跟，让她彻底失望了。贝亚特里茨一屁股坐在台阶上，脱下鞋，发现丝袜也破了。发丝散落在脸庞，飘进嘴里的一缕被唾液浸湿了。她想，出来的时候，搭扣肯定也掉了。还好的是，发梢那还留有一个，这是女儿的淡紫色搭扣，也是唯一剩给她的……那个倒霉蛋怎么会成为一个商业顾问的？

贝亚特里茨用手捂着脸痛哭。泪如雨下的她完全不知所措。拿出手机，她本想打给她的心理医生，然而现在的她已经没有心理医生了，以前是有的。之前她一周会去治疗三次，但有一天阿图罗告诉她，治疗的花费都相当于一个月的尿布钱了，她不能那么我行我素不替别人着想。于是贝亚特里茨，一番思想斗争后，决定彻底放弃治疗，一次性买了足够三个月用的尿布。

酒吧，贝亚特里茨心想，应该是唯一可能的疗伤之地，她已经几百年没喝威士忌了。她抬着一只赤裸的脚，一步一跳地走到人行道上拦下一辆出租车。司机下车来帮她，问她是否还好，她说她扭到了脚，可能骨折了，然后抿了抿嘴，好像在刻意抑制一种来自疼痛的呻吟。司机让她撑着他的肩膀。

"小姐，来扶着我。"

在车上，贝亚特里茨反过那只断跟的平底鞋，把鞋跟装在包里，让司机师傅把她拉到弗劳尔斯酒吧。司机有些疑惑地看了她一眼。

"小姐，您不用去医院吗？"

"去，当然去，但是我先要和我丈夫碰面，然后他会带我去的。"

"嗯……骨折不能拖太久的，小姐，您就别找借口拖延了。"

"您说的有道理，还是带我去医院吧。"

她觉得这个师傅人很好，何必为难他呢。这时她手机响了，是阿图罗的电话，但是她并没有接。她解释说不认识这个号码。司机信以为真了。

车停在医院的人行道旁，她说服了司机让她独自前往急诊室。看见车子拐弯后，她立刻拦下另一辆出租车：她请求司机带她去弗劳尔斯酒吧。这次贝亚特里茨告诉师傅她是要去见一位正在闹离婚的好朋友：她心都碎了，可怜的人儿。司机从后视镜里给她比了个 OK 的手势。

酒吧里肆意着空荡。贝亚特里茨坐在吧台旁，点了一杯威士忌后，把目光投向了她的指甲。真是无可挑剔。这是她前一天刚刚做过的指甲，当然，她选择的是丁香紫的指甲油……谁敢相信？贝亚特里茨竟然遇到了他，那个叫卡洛斯的商业顾问！他一点都没变，还是近乎一个秃子，这点倒是跟阿图罗差不多。贝亚特里茨准确无误地认出那个卡洛斯，她甚至还能想起和他在那次聚会上认识的倒霉场景，想象那副令人恶心的嘴脸。那晚在她脑海里记忆犹新：她记得她喝了一杯橘子味的伏特加，她也记得那几天她正和阿图罗在吵架闹别扭，她沉浸在哼唱那些绝望的歌曲中——我不爱你，不爱你，不爱你！她还记得她身边所有人像围着一个女王一样围着她，和她一起唱歌，为她鼓掌。

贝亚特里茨一口气儿喝完那杯威士忌。她喜欢凉飕飕的液体从喉咙里咽下的那种感觉。

"再来一杯？"

吧台服务员又给她满上。他皮肤黝黑，身材魁梧，一边用手包着一张红色手绢擦拭着酒杯一边不时偷看她几眼。贝亚特里茨低下头，那家伙问她在想些什么。贝亚特里茨腼腆地以一个微笑回之，又喝了一口威士忌后，她觉得脸有些发烫。那个黑黑的小伙把擦拭干净的酒杯摆放在柜台上,又拿起水槽中的另一只;被红色手绢包裹的手伸进杯里,仔细地转动擦拭。贝亚特里茨很欣赏他擦拭酒杯的那份细腻。阿图罗总是责备她擦的玻璃杯、餐盘、餐具都不干净。吃饭前,他总是先要把桌上的器皿挨个检查一番,再加之一句评论:有脏东西。

"您在想伤心的事吗?"

黑人小伙执意问她。贝亚特里茨觉得,出租车不可以,但酒吧可以是一个稍许恣意放纵的地方,或许她可以跟这个若有所思的男人敞开心扉说说话。她深吸一口气,准备向他娓娓道来,首先,卡洛斯的事发生在她和现任丈夫阿图罗吵架的那段时间。而那个变态现在摇身一变,成了所谓的什么"商业顾问",他就是个不起眼的人物而已呀。他们俩是通过一个朋友的朋友开始认识的,但是到最后都不知道那个朋友究竟是谁。这确实是个问题,因为当他们发生关系时,遭到了所有朋友的反对:他们说,他们根本都不知道这个男的是什么来头。后来,乌戈,就是那个贝亚特里茨和卡洛斯首次见面的聚会的主办人,他想起来卡洛斯是他在上一次安娜的生日聚会认识的。贝亚特里茨问他哪个安娜,而乌戈,一副"你在说什么"的表情,这可是他的惯用表情,他回答,谁说安娜了,他根本不认识什么叫安娜的。黑人小伙一脸茫然地看着她。

"您在听我说话吗?"

贝亚特里茨问他。

"我在听呢。"

贝亚特里茨继续她的故事。但所有的这些都已经是伤害造成后的事了。聚会当晚,所有人都依依不舍,相拥相吻。

"……因为有一段时间,年轻的人们恣意地互相亲吻,那个时候我们觉得非常自由。哈哈!真可笑。"

贝亚特里茨又喝完一杯威士忌。黑人小伙给她斟满。而她假装没有看到。

"……那个叫卡洛斯的疯了一样地对我着迷,他邀约我和他去一个小房间。您能相信他是一个变态吗?"

黑人小伙停下擦拭手中的杯子,瞅了她一眼说:

"绝对不能。"

"没错!但是我告诉您,按道理,我根本不认识他。我一直迷迷糊糊,因为我当时喝了点酒,莫名其妙地在那儿哈哈大笑。"

贝亚特里茨突然大笑,黑人小伙也随即附和。她觉得,这个黑人很善解人意,是个很好的倾诉对象,她多想坐在这儿一辈子就看着他擦拭那些酒杯。平静后,贝亚特里茨跟他坦言,最后她和卡洛斯在一个又小又黑的屋子里上床了,说实话,她一直弄不明白她是如何走到那儿去的。但是她也从来不想询问任何人。

"有一些事情是一个女人不能问的。"

贝亚特里茨清了清嗓子。糟糕的还在后面,那家伙拿到她的电话号码,每天打电话约她共进晚餐。她一再拒绝他,她告诉他,他是一个好人,是个绅士!但是不久后,那个恶心的人开始在她的电话留言信箱里说些粗俗的话,最后总是伴随着怪叫……贝亚特里茨突然哽咽了。黑人小伙已经擦好了一叠酒杯,摆放在柜橱上,现在他胳膊肘撑着吧台,把脸贴近她。

"他怪叫什么?"

他目不转睛地盯着她问。一想起那个倒霉鬼在电话里冲她叫喊的内容,贝亚特里茨就非常气愤,气得她甚至想飞奔回那个银行,走近他在的那个窗口,用她唯一还完好的那只鞋跟砸碎他的脸。贝亚特里茨盯着那只已然空空的玻璃酒杯,再一次向那个黑人小伙重复了卡洛斯在语音信箱里留下的话,她是低声细语告诉他的:

"再来一次吧,再从后面来一次就好。"

空气凝固了一会儿,黑人小伙突然的一阵大笑打破了沉寂。贝亚特里茨惊讶地看着他,随后自己也忍不住笑了起来。小伙又给了她杯威士忌:一口喝完的她似乎意犹未尽,脸上的笑意还未泯去,又要了一杯。

"然后呢?"

小伙边笑边问她。贝亚特里茨觉得有些热,用手扇了扇风。然后放下扎起的马尾,把发扣装在包里。她让他靠得更近一点,他离她很近很近,几乎快要蹭着她的嘴唇了,但是贝亚特里茨避开了，直接凑向他耳畔。这个皮肤黝黑的男人身上散发着香水味，还有点淡淡的烟草味道，再混合着威士忌的酒香：贝亚特里茨喜欢混合的味道。

"我以我孩子们的名义向您发誓，那个倒霉鬼永远不可能达成他的愿望。"

贝亚特里茨离开他，用手抚平裙子上的褶皱，在凳子上坐直了身子。这次，他非常严肃地对她的话表示赞同后，继续擦拭酒杯，而更加放松的贝亚特里茨，决定告诉他故事的结局。贝亚特里茨告诉他，那家伙终于厌烦了电话骚扰，而她和阿图罗已经重修于好；那时的她已有两个月的身孕，因此他们决定结婚。他们举行了一场盛大的婚礼，到场的来宾众多。贝亚特里茨对即将到来的孩子非常激动：如果是男孩就叫路易斯，如果是女孩就叫卡门，和她外婆一个名！她逢人就说，还问他们想不想摸摸她的肚子。那时，那个白痴乌戈突然手抱一个巨型泰迪熊来到婚礼现场，一起来的还有那个卡洛斯，他一看见贝亚特里茨就挑衅她：再来一次吧，我的女神，再从后面来一次就好！贝亚特里茨一把推开他，开始求救，她所有的朋友都连忙过来把他赶走。阿图罗石化一般站在大厅中间，贝亚特里茨逃脱那家伙后试图走到阿图罗身边。她不得不推攘着在人群里前行，人们都向贝亚特里茨靠拢，想要问她那畜生究竟是谁，这无疑是虚情假意的关切。乌戈一边和他的大熊跳舞，一边扯着嗓子向大伙介绍：他是维尼熊。

阿图罗一脸茫然地看着贝亚特里茨，一步一步后退；他们渐行渐远，阿图罗小声嘟哝着"再来一次？"，直到他转身离去。贝亚特里茨想追出去，但是她滑倒了，所有人都向她扑过来。他们大叫着"孩子！"大厅的一处角落里，贝亚特里茨看见了那个卡洛斯，这也是她最后一次看见他：他像个叫花子一样瘫在地上，抱着一个陌生女人的腿肚子。

贝亚特里茨终于意识到，空气里又是一阵沉寂。那个黑人小伙已经擦洗完所有的酒杯，它们在酒吧柜橱上排成一行，整齐地无可挑剔。她觉得晕乎乎的，眼睛已经不能聚焦于任何一点。手机铃声突然响起：在贝亚特里茨的记忆中，这似乎已经是第三次或是第四次的铃响。她打开包，好长一会儿才摸着手机，连她自己都感觉时间过去了很久。等她拿出手机时已经不响了，上面显示了六条信息。

"又是你丈夫的电话？"

那个黑人小伙问她。他们俩对坐着，他也开始享受威士忌的味道。

"是的。"

贝亚特里茨站起身，往下拉了拉裙子，或许，她也不确定，是不是她故意露出大腿的。她侧着身子靠在吧台，点开收信箱。

他也站着。贝亚特里茨用余光瞟见他正踮起脚尖,目光从她的大腿掠过,直到紧锁她的臀部,露出笑容。贝亚特里茨无法移动身子:酒吧像游乐园里的乌拉乌拉船,正在让她体验离心力的作用。她想回复阿图罗的信息:他问她在银行办事怎么样了,外婆不能照顾孩子们了,那天晚上他又得出门,所以让她赶紧回去,让她给他回电话……但这个电话当然是不能回的。她要跟他说什么呢?说她去了银行但是没办理任何贷款,却和一个黑皮肤的男人开怀畅饮威士忌?很明显,他已经着迷于她的臀部。贝亚特里茨关掉电话。环顾四周。酒吧仍然空空荡荡。他离她越来越近。

"有什么不好的消息吗?"

他问她。贝亚特里茨摇摇头,胳膊肘撑在吧台上,手指用力揉揉眼睛。五颜六色的星星点点出现在她眼前。黑人用他那宽厚的手掌一把抓住她的手腕。

"小姐,您不要担心,您丈夫不会那么不讲道理,如果您跟他解释了在银行里遇到的事……"

"不不不,"贝亚特里茨立刻打断他,不慌不忙地抬起食指解释,正好可以让他看见她漂亮的指甲:有一些事情是一个女人不能解释的。

贝亚特里茨打开包后,发现里面的钱已经不够了。她拿出仅剩的几张钱和给孩子们用的那张银行卡,这是专门给他们幼儿园报名用的钱。她抬起头。

"怎么了，小姐？您一脸苍白，要喝点水吗？"

黑人说完便转身从柜橱上取了一只杯子，取出冰箱里的一罐水。贝亚特里茨紧紧捏着包里的那几张钱，把它放在吧台上撒腿就跑，甚至遗忘了那只断跟的鞋，因为她害怕那个黑人会来追她。她的心跳很快，她不得不在一个拐角处停下来，双手撑在膝盖上喘口气。贝亚特里茨直起背，正要继续前行的一刹那，突然看见一扇玻璃橱窗里自己的影子。裙子皱皱巴巴，凌乱披散的头发，睫毛膏整个花掉，在她脸上点上两道黑印。她抚平裙子的褶皱，绑了一个马尾，深深吸口气，拿出孩子们的那张卡。贝亚特里茨很清楚，她应该返回银行，但是在这之前，她得去一家商店，为自己买一双漂亮的紫色高跟鞋，头脑终于如此清醒的她告诉自己，因为：有一些事情是一个赤脚女人不能做的。

玛丽
# Mary

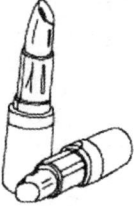

婚姻里,无处不在的孤独。

玛丽走进他房间,她面前这个胖乎乎的超级英雄正在抱怨他为什么不能飞翔。绕着电视柜相互追赶直到门厅的戏码又一次上演。他追着玛丽跑到客厅,把她的包随手扔在椅子上。

"遭遇毁灭!"

米格尔大声叫道,因为他刚撞倒了他那放在地上的由两个机器人组成的作战坦克。玛丽走过去亲吻了他一下。

"我的宝贝,你还好吗?"

米格尔没有丝毫反应。目光盯在那两个倒下的机器人身上。

"我把它们赶出宇宙界!"

他带着他的"太空"腔回答。

"宝贝,你吃了奈利给你做的好吃的了吗?"

玛丽抱起米格尔,亲吻他的脸蛋。米格尔不停地在空中蹬腿,擦去妈妈的每一道吻痕。

"哎呀!"

米格尔一身魔法师道具服,魔术帽突然掉在地上。帽子里钻出一只兔子,一块红色手绢和一个落下去刚好砸在玛丽脚上的小台灯。

"哎哟!"

玛丽疼得叫唤起来,而她的儿子却暗自偷笑。玛丽把他放在一旁,米格尔双腿张开,顶着小翘臀,屁颠颠地又跑去看电视了。

"亲爱的,你吃饱了吗?"

电视里正在播一则富含优质钙源的牛奶广告。奈利走出厨房,身上围着一个沾满油渍的绿色围裙,一边用抹布擦拭手上的水渍。

"太太,他没有吃饭,他说菜豆有毒,他只想吃米饭。另外他刚跟卡洛斯先生通过话,先生说他待会再过问孩子。"

"不!这是我的致命武器!"

米格尔用尖硬的脚后跟踩玛丽。玛丽把他安放在椅子上说:

"呀,你够了!"

米格尔扑向玛丽的包,打开它,拿出还没拆包装的小宇宙飞行员。玛丽告诉他不应该随意翻妈妈的包,这个小玩具是给他的小礼物,但条件是他必须要把菜豆吃了才行,但如果不吃……米格尔已经拆开了飞行小人的包装,向它讲述一项任务的同时,一手指着地上的一个"星际"机器人。玛丽无奈地叹气后,关掉电视,突然响起一阵门铃。是奈利去开的门。

"先生请进。"

玛丽回房间找烟。

"Zambomba!它竟然还活着!Por las barbas de mi abuelo[①],你

---

[①] 在西班牙语中,Zambomba 和 por las barbas de mi abuelo 都表达惊讶、难以置信的语气,是一种非常过时的表达方式,不符合儿童的语言习惯。

们快去消灭它!"

米格尔大吼大叫。当玛丽回到客厅时,看见卡洛斯正俯身对着米格尔,抓着他肩膀说:

"行了,米格尔,你不要再说这样的话了。"

他递给米格尔一个包装纸包好的礼物盒,亲吻他的额头,随后将目光转移到玛丽身上。

"玛丽,你该做点什么了。这孩子成天看电视学动画片里的人物说话。他怎么能说出'zambomba'这种词?"

"好吧,亲爱的,我觉得'por las barbas de mi abuelo'这句话看上去更不可思议。"

玛丽说完点燃了她的烟。米格尔已经撕开礼物的包装纸,和爸爸送给他的消防车玩耍。而之前的那个飞行员小人早已长眠于椅子下方。

卡洛斯问玛丽她不是戒烟了吗,随后坐下,把米格尔抱在腿上。玛丽说了句关你什么事后,打开电视机,站在那里。现在电视里正在播新闻。于是她又关掉了。玛丽的双唇间叼着香烟,她准备去抱起米格尔。米格尔刚被抱起,他的消防车掉在了地上,响起一阵警铃声。

"时候不早了。他该休息了。"

玛丽的话音听上去有些怪异:和她儿子的"太空"腔有些相像。她很久没有这样嘴里含着烟说话了。奈利从厨房出来,说了声"明天见，太太"。

"玛丽，再让我和他待一小会吧。我很想他。"

卡洛斯用恳求的目光看着玛丽。米格尔紧紧地抱住他妈妈，把脸缩在她脖子后。

"但是他不想你。这个家里没人想你。"

玛丽径直走进米格尔的房间。

米格尔并没有睡意，他说银河系正处在危险中，而他自己失去了能量，因为那个机器女人没有给他东西吃。

"你不能再这样叫奈利了。"玛丽警告米格尔。

听着妈妈的睡前儿歌《小蜥蜴》，米格尔睡着了。关灯前，玛丽看见他的魔法师披风，想起这是卡洛斯在第一次花园化装舞会上给他买的。看起来已经破旧。玛丽打算第二天去给他重新买一件。哦，不，不是另买一件披风，应该说是另买一套道具。

玛丽走出房间，卡洛斯正坐在客厅椅子上看关于地铁事故的有关报道。一个小孩不幸被地铁轧死，各个节目都在报道孩子母亲在现场痛哭流涕的画面，分析家们把这场悲剧的发生归罪于动画片的影响。有目击者称，这个小孩想飞翔，所以从窗户跳了出去。卡洛斯看上去有些沮丧。玛丽觉得他认为自己能这么肆无忌惮地在她家看着新闻实在不像话。

"你要是这样就别回我家。"

她说完用遥控器关掉电视,站在椅子背后。卡洛斯转身看着她。

"你看到那个事故了吗?你看见人家怎么评论那些动画片的吗?玛丽,我担心米格尔。"

"啊,我从来不带他坐地铁。"

"你说你从来不带他坐地铁。但这不是重点,关键是他现在整天都在看那些低级趣味的东西,模仿一个宇宙超级英雄说话。"

"你太夸张了。"

"我夸张?"

玛丽走进厨房倒了一杯葡萄酒。卡洛斯跟随其后,也自斟了一杯。他们俩面面相对。玛丽看见他脸部在玻璃杯上的倒影,宛如恐怖片里的幽灵。面色苍白得像死人一样。还有那深重的黑眼圈!她想在墙上砸碎玻璃杯,想爆粗口,想让卡洛斯滚远点永远不要打扰她。但是她太疲倦了。那副模样还敢回她家来告诉她该如何教育孩子?他最好把这些都丢给……

"……丢给那个巫婆吧。"

玛丽说出了这个词。

"什么巫婆?你在说什么?你喝醉了吗?"

"卡洛斯,我今天很疲倦。你还是先走吧,我们改天再谈。"

"不,我不走。我今天也很累。"

"是，那是当然。如果你愿意我们可以比比看谁更累，亲爱的。"

玛丽走出厨房直接回到她房间。卡洛斯跟随其后。她走进卫生间脱掉衣服换上浴袍出来。卡洛斯正坐在床上一边喝着葡萄酒一边盯着天花板发呆。但他拿的不是他自己的杯子而是玛丽的：一个小碎花图案的玻璃杯。玛丽从梳妆台拿出洗面奶准备卸妆，突然看见他正带着那副指责的表情看着她。又来了。

"你真的不明白吗？我真的担心米格尔，上一次我带他去吃饭，他点的'三明治'和'口香糖'①。这孩子活在泡沫般的世界里，除了在电视里，谁会那样说话？"

玛丽正在用一条湿毛巾擦眼睛，她不知道是该笑还是该给他三记耳光。简直难以相信他会对同样的愚蠢行径如此耿耿于怀。他想干什么，他是要去控诉卡通频道吗？

"你想干什么，去控诉卡通频道吗？"

"不，我只想我们的儿子能正常一点。"

我们的儿子：想得倒美！玛丽洗完脸打了个哈欠。她觉得他不能再这么厚颜无耻了。

"你不要那么厚颜无耻。"

"什么？你不要一边打哈欠一边说话，你想说什么？听不懂，

---

① 拉丁美洲人习惯用 sándwich 表示三明治，用 chicle 或者其指小词 chiclecito 表示口香糖，而米格尔却使用了另外两个不常用的单词 emparedado 表示三明治，goma de mascar 表示口香糖。

我什么?"

"没什么,我说这里唯一不正常的人是你,你胆敢……"

卡洛斯进了卫生间。只留下玛丽一人在那儿喋喋不休,很显然,卡洛斯早已猜到了她接下来的话:你竟然敢来告诉我该怎么抚养我的孩子,因为你走了,你抛弃了我们母子,蠢货。玛丽打开梳妆盒,又拿出一根存放的烟,点燃烟,走到窗边。空气暖暖的,湿湿的:她觉得像一个子宫。待她转身时,卡洛斯已经回到床上坐着了。为什么她不索性一次性撵走他?他不能再这样随意在她家里,在她生活里来来去去。

"你不能在我家里,在我生活里随意自由出入。"

卡洛斯好像并没听见她说什么。他呆坐在那看着酒杯发呆。然后又看着她说:

"今天是一个奇怪的工作日。我可以讲给你听吗?"

玛丽想拒绝他,因为发生在他身上的事跟她有什么关系,她倒希望说她也度过了奇怪的一天,而不是美好的一天。

"你怎么了?"

她问。他先深吸两口气,酝酿了一下。然后起身慢慢走到窗边。玛丽觉得他的行为都很多余。不过男人们都是这样。就像卡洛斯丢炸弹似地丢来这么一句话:今天真是一个奇怪的工作日。啊哈,已过去三小时,男人们还在继续那些让人摸不着头脑的话,"我杀了我的秘书",诸如此类。又或者就是重复大概几个月前那个晚上告诉她的话：我会爱上另一个女人。那次，玛丽什么都没说。她去洗了个澡，第二天早早去上班了。只是当她独自在办公室时，面对着她那杯大豆咖啡①，眼泪终于忍不住夺眶而出，是那样悲伤痛苦。发生了这么多事后，她依然坐在他身旁等他讲完他的故事。她心里突然一阵冲动，她很讨厌自己竟然有那么想去拥抱他的冲动。

"好吧，如果你说完了，就走吧。"

她对他说。

"我？"

"不，难道我是在和空气对话吗！"

玛丽将声音的分贝调到很高。卡洛斯看着她，一脸嘲讽又或者一脸责怪，还是说两者都有吧，他指着她。

"你没发现在家里他整天所想的就只有动画片吗？米格尔应该回归他应有的样子。亲爱的，我发誓！因为我一想到那个地铁小孩，我就直哆嗦。"

玛丽在烟灰缸里灭掉她的烟，又勒紧了她浴袍的腰带。卡洛斯咽下碎花杯里的最后一口红酒，他已经消磨完了她的耐心。而她本不想和他吵架，她一直都在控制自己。但是这次她忍无可忍了：他凭什么乱数落她儿子，他才是米格尔心理创伤的制造者。

---

① 大豆咖啡是黄豆和咖啡豆混合磨制而成，比起纯咖啡更健康。

"我不知道你到底怎么了!你现在反倒成了受害者,你这个……"

卡洛斯打断了她,像驱赶虫子一样摇着手让她别提那事。他满脸尽是厌恶。玛丽没法相信他总是这样:是他抛弃她们母子,难道还应该为此给他鼓掌……

"啪啪!"

玛丽向他大吼,拍手鼓掌,他们只隔着咫尺之遥。卡洛斯连忙后退,一脸惊恐地看着她。而玛丽,不停抱怨着说她要管孩子、顾工作、应付全世界,所以所有不好的事情都是她的错:连那个幼年自杀的孩子也是她的原因。难道是她把那个孩子推下去的吗?

"难道是我把那个孩子推下去的吗?"

她叫得更大声了,但她自己却丝毫没发现她说的是什么,因为她想大叫的并不是这件事而是别的:是他抛妻弃子的那些事情,但是她最后说出的却是小孩自杀那件事。可能也是因为卡洛斯总提。

"遭遇毁灭!"

这次的叫声是米格尔传来的,他们俩立刻冲去他的房间。进去时,只见他闭着双眼老实地躺在床上,手里拿着一把塑料剑指着天花板。

"他在做梦呢,你不要碰他。你走吧,我来。"

玛丽说完，跪在床上，小心翼翼地从他手里拿走那把剑，生怕吵醒了他。然后轻轻地把他的手放下来。卡洛斯站在那儿，手里拿着毯子给他盖上。米格尔嘴里还在小声嘟哝着什么。

"菜豆，爸爸，巫婆，杀死费德里克……"

玛丽靠着她儿子躺下，从背后搂着他，用他的披风擦干了眼泪，那是一个小星星的披风，上面的图案已经褪色了，是用她剩下的口红填充的颜色。卡洛斯睡在她后面，也把她抱着。玛丽什么也没说，闭上眼睛，有那么一瞬间她感觉，在一张如此小的床上竟承载了她所有的幸福。但不一会儿，只剩下米格尔熟睡的呼吸声和她的抽泣声，在一片沉寂中，她又听到了那个熟悉的关门声，让她痛彻心扉。

# 莉莉
## Lili

爱情里的失落与无奈，寂寞的心情，孤独的意境。

莉莉透过窗户看着她邻居赤裸着身子在屋里走来走去。墙上倒映出她的影子，和她本人一样：是一道美丽的影子。有时候莉莉觉得她的邻居像正在走台的模特，收腹，抬头。于是她想起妈妈的话，美丽女人是不会羞怯的，而她常常默问懂得羞耻的女人是不是会比花容月貌的女人更好。当看见房间镜子里自己的裸体时，她想，要是她是个漂亮的女人，或许她也不需要窗帘的遮挡了。

早晨上班前她试了四条裙子，但没有一条让她满意：

"该死的屁股。"

最后她选择了一条米色带毛球的圆领连衣裙，这是她两周前在商场买的。这是她仅有的几条合身的半短裙，而且是她从来没想过能买到的那种细薄型面料。那天为了维护自己的尊严她不得不拿下它。"小姐，那条裙子是 L 号的。如果您从下面试穿的话可能会撑坏它的，"这是收银台的售货员对她说的话，她想飞奔出去，但还是很勇敢地做出了回应，"我压根儿就没在看那条裙子，"她弱弱的回答几乎听不见声音。接着是傲气的一回击，她告诉店员她要买下它，而且她很确定这条裙子是合她身的，所以她根本不用从什么上面、下面去试穿，任何试穿方式都不需要。很显然她不会再穿它的，莉莉一出商店就懊悔不已。

但是两周后她穿上了，正穿着那条合身的裙子朝地铁站走去，心里一边祈祷着不要遇见任何熟人。莉莉一路都忐忑不安，总觉得任何时候都可能有人会在拐角处走近她，跟她打招呼："你怎么穿着这身裙子？"随后而来的就是一阵阵嘲笑。她很讨厌那种笑声。

她赶到时，地铁正要启动，她只好跑进车厢。莉莉不喜欢两头的车厢，因为发生意外的时候总是两头车厢受害最严重。头天晚上她刚看了一则一个小孩的头颅被压扁在铁轨上的新闻报道：他正是从最后一节车厢的窗户飞出去，然后从空中飞落的。那孩子在七分钟的时间里还存在意识，但是他不能动弹。随后就是另一辆列车的到来。

莉莉坐在一个呼呼大睡的先生旁边，虽然在沉睡，但是那人却睁着眼睛。对面是一个正在吃手指的小女孩，她刚用手指在耳朵里掏了许多次。靠在门口的一个男孩戴着一顶帽子，他的女朋友穿着一条紧身运动裤，一边抱着他，一边亲吻他的脖子。男孩纹丝不动，任由女孩亲吻。这个情景让她想起了她青少年时代的男友，他是一个很让人讨厌的吉他手，因为他们一起走路时他从来不会像全世界的情侣一般和她手牵着手。就像那张唱片里的歌词，这是所有女孩都曾拥有的唱片集："爱情就是手牵着你的女孩。"莉莉从来不和他提及唱片的事，因为她能有男朋友已经是件了不起的事了；而且，她觉得这样分开走能让他们看起来更成熟，更稳重。"我们是更成熟的恋爱情侣，"这是当她问他为什么他们很少接吻时,他给出的回答。

　　现在一位太太坐在了刚才眯眼打呼噜的那个男人的位置上。太太开始和她攀谈起来,她说这几天天热得都快让她的神经燃烧了,天气太热很容易导致猝死。她的小姑子就发生了这样的事:血管突然爆开,感觉整个头都在燃烧。之后她睡着了,没有再起身。车厢里充斥着让人窒息的热浪。

　　店里还没开门。莉莉坐在对面的长椅等待老板的到来。她抓紧时间用随身带在包里的眉笔和一个小巧的镜子补了补眉妆。旁边的百货商场,那个每天早晨都要在玻璃橱窗前打量一番的女人如约出现:她发出一声尖叫,听起来像是一阵哭声,但其实她正在笑;沾上口水的食指指肚,画上一个包含着两只眼睛和一个忧伤表情的心形,随后吐一口唾沫。她穿了一件破旧的礼服裙,上面装饰着紫色的闪光片。腹部已经有些褶皱,她的每一次呼吸都会牵动布料的皱纹。她的每一个动作都闪烁着刺眼的光芒。莉莉想要换一个位置,但是这个光点跟了过来。她放下眉笔,拿出一本之前读过的杂志。中间的那篇文章是《如何遮掩非黄金比例的腿型》。那个女人突然开始唱起英文歌,一本正经地扭起屁股。那真是一场光芒万丈,震耳欲聋的"音乐会"。

　　莉莉不会讲英语。连那个疯女人都会,但她不会。莉莉之前学的是美妆。她在市区的这个化妆品店干了很多年了，带着蹩脚的发音推荐洗面奶（洗面奶上都标注的英文），试用各色珠光唇彩，每隔半个月尝试不同的护发产品。

老板来了，他是这家店的经理，正用无比嫌弃的眼神投向那个身上带闪光片的胖妇。开门后，他就立刻进去。莉莉站在他身后，跟随其后进去了。

"早上好，豪尔赫先生。"

"莉莉，今天您需要工作到八点。别忘了。打电话让警察把外面那个疯女人带走。"

莉莉拿起电话，无奈地拨通一个号码。她在心里默默跟警察说："警察先生，那个穿着金光闪闪衣服的疯女人又在这跳舞。您为什么不来赶走她呢？连同我那烦人的老板，顺便和疯女人一起赶走吧，他们都不是什么好人。非常感谢。"

"豪尔赫先生，没人接电话，待会我再打一次。"

那个点从来没有客人。豪尔赫先生会借此空闲来列清单，而她则忙着熟悉各个新产品的详细说明。天气非常炎热。莉莉悄悄摸了下头想测测体温。她很担心她的那些神经细胞。

豪尔赫先生打开一个直立式风扇，让它转动起来。莉莉解开裙子的前两颗纽扣。豪尔赫先生看着她袒露的胸颈。她却装作没看见，因为这些事会让她很紧张。任何事情开始的时候总是这样。后来就会半推半就，直到明白这些事情了。但是莉莉一直不懂那些事情是怎么样的。她从来领会不到那些信号代表什么意思；对她而言，任何一个抛向她的眼神都像在问一个问题：谁会邀约一个胖妇呢？

一般来讲，豪尔赫先生不是那么和善，因为他很少讲话。莉莉和他一起工作了四年却对他的生活毫无所知。有一天她意外知道了他还有一个儿子在国外。那个孩子打电话到店里来，而她老板不在，所以是她接的电话。

"麻烦您转告他，他儿子给他来过电话。"

"谁？"

"您没听清？是他儿子。我从洛杉矶给他打的电话：你不要再让我重复了！"

当她告诉豪尔赫先生电话的事时，他一句话都没说。然后他让她先走，所以那天他们关门特别早。莉莉发现他有一丝伤心，但她却也没有生出怜悯之情。

中午还是一个客人也没有。莉莉已经记住了新款洗面奶的说明。"三重补水：富含胶原蛋白、蜂蜜和维他命 E；如有不良反应请立刻停止使用。"

豪尔赫先生还继续看着她的胸口。"莉莉，中午我请你吃饭。"

那时她希望自己是个哑巴好不用回答他。同时她也希望自己能非常苗条，这可是她一直心心念念的愿望。她拿上包，把裙子往下面理了理，跟着豪尔赫先生出去了。他们去了一家普通的当地餐馆,当天的菜单是肉丸和蔬菜泥。她闻到一股男人的汗味。豪尔赫先生替她抽出椅子让她坐下,但是她感觉不太舒服:她的屁股坐不下,而且热得让她难以忍受。豪尔赫先生点了两杯啤酒。很快啤酒就和他们的菜一起被端上来了。莉莉看着那些肉丸:就跟那个孩子的头颅一样。

"莉莉,您的裙子很漂亮。"

莉莉塞了一个丸子进嘴巴,好顺一下喉咙里哽住的什么结。她自言自语,怎么又出现这个情况了。然后她看了眼豪尔赫先生,低声说了声"谢谢",并腼腆地冲他笑了笑。他们走出餐馆,下午的天气像蒸笼一样。莉莉的汗都集中在了大腿之间;黏糊糊的,大腿每次的摩擦触碰都让她觉得发烫。这使得她走路都是夹着腿在走。

回去的路上,他们看到那个身上闪着金光的疯女人在一条人行道上哭泣。

"你们会在地狱里被烧死的!"

她朝着他们叫喊。店铺里稍微凉快一点,因为豪尔赫先生已经打开了风扇。莉莉去了卫生间刷牙。她看着镜子里的自己:脸通红,像是恋爱的那种羞涩。

"莉莉,今天我们不用再上班了,这种天气没法工作。"

外面传来豪尔赫先生的说话声。莉莉没有回答,而在镜子前驻足了更长一会儿。当她从卫生间出来时,店里漆黑一片,豪尔赫先生背靠着大门正要递给她钥匙。莉莉斜靠在一个朝向出口的收银台，用胳膊肘撑着等着他。豪尔赫先生突然转身看着她的胸口。他已经解开了裤子。他走向她，把她往后推了推。撩起她的裙子。莉莉还是一如既往地认为：她最多比一盘菜值钱一些罢了。但是她并不想逃脱。

到家已经五点多了。她一进门就拉开窗帘希望能和邻居相遇。莉莉乞求那天邻居不要和她那个秃子情人在一起，那个人总是只去看她一小会儿。

她的邻居依然一丝不挂，赤裸着身子。倚靠着窗户，目光注视着楼下的街道。莉莉曾想过，可以请她去喝茶，告诉她那天下午她和她老板上床的事。他没做多久，而她却不想结束，但是她倒也并不介意。"高潮真是让人觉得物超所值，"她突然想到她可以这样跟她说。这同大家评论那些有机化妆品是一样的。

她也想跟她讲讲那个身上闪着金光的疯女人的故事，她想让她知道还有比她们更孤苦的女人。莉莉想，如果她们俩能面对面坐下来聊天，或许，她甚至可以给她一些关于那个秃子的建议。"爱情就是：每天早上一起苏醒。"她也可以跟她说说无数温馨的小家庭里那不计其数的争吵打闹，她们可以聊男人，聊饮食，评论当天的新闻，谈论热天对大脑的影响。

邻居抬起眼睛，莉莉觉得她好像在看她，于是她轻轻地挥动手，好像是一个委婉的招呼。但她的邻居却没有丝毫反应，打了个哈欠后便转身，拖着那迷人的身影进了一间卧室。

莉莉的目光落在空荡荡的窗户上。

附录

# 海明威"冰山"理论视角下的孤独分析
欧阳竹萱

> 玛格丽塔·加西亚·罗瓦约笔下的故事,串联着一群绝望中的女人、海明威的"冰山"理论以及一个像苦艾酒味道般甜中带涩的结局。
> ——豪尔赫·卡里翁(西班牙当代作家)

玛格丽塔·加西亚·罗瓦约在移居布宜诺斯艾利斯之际决定开始创作这部作品。布宜诺斯艾利斯是一个让她有创作灵感的地方,不管是基于虚拟的架构还是现实的架构,总之,在这里,她的心被孤独和离乡的无根漂泊之愁满满包裹,这是任何一个离开祖国的漂泊者都感同身受的。在九个独立却又相互串联的女人的故事里,中心的主题就是"孤独"。作者坦言,选择情节剧式的手法去表现苦恼、空虚、被遗弃的情感和心理本身就意味着一种挑战，加之，为了给读者留下思考和再创作的余白，小说所讲述的故事完全处于再平常细微不过的生活琐事背景，这无疑是更大的挑战。为什么会选择书中女主角之一的贝亚特里茨的一句口头禅作为整本书的书名，一方面出于西班牙语音调和韵律感之由，另一方面，口头禅本身可以作为一个框架，那么框架里面的填充物究竟是什么？《有些事赤脚女人不能做》，你是否会去思考哪些事情会是女人不能做的？一个赤脚女人为什么不能做这些事情？而她，为什么又是一个赤着脚的女人？看到它的第一眼反应后的思考（在全然不知书名取材于人物口头禅的背景下），阅读全书后的思考以及不同读者、不同感悟的思考绝不会一模一样，因此，这是一个空间足够大的框架，足够容纳万千读者的思绪。

玛格丽塔的第一次文学尝试就想基于细节的描述，她想做的是通过语言展现所有的人物和场景，而不是去描写和刻画人物。的确，这是一部谈论当代世界的作品，发生在任何一个城市，任何一个拉丁美洲城市里的故事，每一位读者可能都会一定程度地感同身受，或者可以说，这九个女人会是他们认识的身边人的影子。尽管这是一部讲述九个女人故事的作品，同时又出自于一个女人之手，但作者本人从不认为这是一部含有女性主义色彩的作品。作者说："因为我想谈谈孤独，所以我知道我笔下的人物最好是女性，她们在这个主题中起着功能性的作用。我不喜欢给我笔下的人物贴置任何的标签，我可以说，这是一次由女人们自己创作的文学，同时也是读者们的文学。"

所有故事的记叙中，都投射着海明威"冰山"理论的影子。

《有些事赤脚女人不能做》是玛格丽塔·加西亚·罗瓦约迁居阿根廷布宜诺斯艾利斯后的第一部作品，自然，阿国的影子，布市的气息是少不了的。说起这个世界的另一端，有一种浪漫的颜色不可不提——莫雷诺之蓝。应该怎样去形容莫雷诺的冰川呢？蓝色梦幻？蓝水晶？还是一杯幽蓝色的巨型鸡尾酒？总之，莫雷诺的蓝色吸引着世界各个角落的仰慕者，但是，除了颜色带来的震撼以外，是否还有更多炫耀着它的雄伟和壮美的元素呢？180米的冰川，露出水面的只有三分之一，剩下120米的三分之二都位于水面之下。身临其下之际，你看到的永远只能是露出的冰川，所以几乎所有观赏者都不约而同地为冰川之蓝所沉醉，而水下的冰川是什么样的？万千的观赏者有着万千的答案。

"冰山理论"第一次问世来源于心理学家弗洛伊德和布罗伊尔的合作发表的作品。在弗洛伊德的人格理论中，基于对心理结构的三重划分——超我、自我和本我，又提出了人格的三我，人的人格就像海面上的冰山一样，露出来的仅仅只是一部分，即有意识的层面；剩下的绝大部分是处于无意识的，而这绝大部分在某种程度上决定着人的发展和行为,包括战争、法西斯、人跟人之间的恶劣的争斗等。

文学意义上的"冰山"理论最早出现在海明威的纪实作品《午后之死》中。他说:"冰山运动之所以雄伟壮观,是因为它只有八分之一露在水面上。"人的语言相较于人的思想表达来说,就好像冰山一样:八分之一是在水面上的,八分之七是在水下的。那么,在文学作品中,水面上的八分之一是文字和意象或是形象,而其背后蕴含的情感和思想则是水下的八分之七。简约的整体结构,简洁的文字,鲜明的形象是可以浮于水面为读者做引导的,人物含蓄的思想情绪,以至于作家背后的感受都属于可感性的范畴,与作者文字对话的读者有充分的空间去发掘和思考"水下"的世界。

西班牙当代作家豪尔赫·卡里翁曾评论这九个女人的故事:"玛格丽塔·加西亚·罗瓦约笔下的故事,串联着一群绝望中的女人、海明威的'山'理论以及一个像苦艾酒味道般甜中带涩的结局。"属于玛格丽塔的冰山风格究竟是怎样的呢?本文将基于海明威的"冰山理论"从以下几方面去解读玛格丽塔·加西亚·罗瓦约笔下的孤独。一个作家可以对他想写的东西进行省略,只要作者写得真实,读者自然会强烈地感觉到其隐晦的含义。

## 一、经典的意象元素：环境的架构（电视机，窗户）

### 电视机

电视机的出现到底是一种陪伴还是压迫？电视，是一个频繁出现在几乎所有故事里的元素，它的出现一方面是为了表现人物，同时也是作者为穿插反映电视在当代社会的"影响力"而进行的设计。作者回忆："我对电视之所以如此着迷，是因为在我的生活中它本就是无处不在的。从哥伦比亚卡塔赫纳的童年记忆到最初在布市的生活，电视对我的意义是非同寻常的。以前，每到晚上八点半，我母亲就会关掉电视，整个家里寂静得出奇，这是我很不喜欢的一种氛围。后来生活在布市，我的闲暇时间都会用来看电影或看电视剧。要问我的创作灵感，我可能和大多数作家不一样，我的很多文学灵感可以说来自于电视剧、电影甚至是那些肥皂剧，这可能是我作为一个作家比较特立独行的一点吧！"

就表现人物而言，所有围绕家庭琐事冲突塑造的小说人物都有一条中心线——孤独。孤独是整部作品的中心主题。玛格丽塔笔下的这座"冰山"，如何通过电视这个意象元素向读者抛去那藏于水下八分之七的孤独情感？我们试举米里亚姆的故事分析。据作者自述，米里亚姆是最贴近她真实生活的一个故事。每晚八点电话旁的等待是一种渴望的等待，时间点和作者童年生活中八点左右家里被关掉电视的场景不谋而合，作者不喜欢的那种氛围,是真实环境的寂静,更是内心深处的孤独。失去丈夫后的米里亚姆怀念和丈夫一起讨论电视节目里任何一个细节的时光,而她和女儿迪亚娜的交流问题是米里亚姆孤独的主要缘由。整个故事中作者没有提到"孤独"这个词语,而反复将电视作为一个不可或缺的元素加入米里亚姆的生活。"在面对女儿时,米里亚姆宁可不再相信自己的这些发现,而是提及某本小说或者某个欧洲频道播出的纪录片作为和女儿聊天的主题。因为迪亚娜相信那些欧洲频道。""不,丫头,再等一下。你现在没看《单身女孩》那个电视剧吗?""她想念和丈夫一起看电视的日子,怀念自己和丈夫认认真真讨论电视节目的对白。""她又去打开电视。全是广告。已经十分钟了。可以打给她了吗?迪亚娜会察觉到这个时间差吗?""哎呀,妈妈,你不要再说这些傻话了,你怎么会无聊呢?你有缝纫间的那些朋友,还有那根你喜欢得不得了的电线。"……电视成为米里亚姆唯一的生活主题,通过电视,回忆有丈夫陪伴的日子,通过电视,努力寻找可以与女儿交流的话题,通过电视,度过一个人在家的无聊时光,也是通过电视,缓解每一次等待女儿电话的焦急。读者可以想象的是,一个失去丈夫,没有女儿陪伴的女人,电视可以充当陪伴的角色,电视是让其置身于某个焦点忘却自己身处的真实现实的工具,这个女人经历的是怎样的一种孤独?

　　玛丽的故事里,电视成为传达隐藏讯息的一个重要媒介。首先，玛丽的儿子米格尔沉迷于动画片，模仿动画片的人物说话做事，电视新闻里出现同一类型的报道，儿童因深受动画片影响飞出地铁窗户造成令人痛心的结果，这是玛格丽塔通过一个细节描写想传达的一个当代社会现象，就像在作品第六个女人——迪亚娜的故事中，提到第三世界，提到黑白混血种，以"自我歧视"的方式影射了拉丁美洲人在民族身份认同领域里所面临的现状。此外，玛格丽塔利用沉迷于动画片以及电视新闻引出玛丽和丈夫意见的分歧，他们之间争吵的情景。读者所能读到的是一对组成家庭的夫妻间的日常摩擦，而作者笔下的剩余冰川，或许也是通过电视作为一个引子，引出玛丽身处一个不顾家庭的男人背后的孤独，因为她对丈夫的反驳并不一定来源于就孩子问题的探讨，这似乎成为她借此宣泄的一个契机。

**窗　户**

故事中出现了许多扇窗户，对此作者说道："我觉得最有趣的是那些不用言语说明的东西，它们可以使人联想。为了达到这样的效果，细节的选择尤为重要，选择让你想知道接下来会发生的却又不需要你毫无保留地进行说明的细节。这是我觉得文学最有意思的地方。我首先会写这样一个故事：一个站在窗前驻足观望，看着她的邻居拖着赤裸裸的身子在屋里走动的女人。接下来我想知道那个赤身邻居的生活是怎样的，就这样，故事的线索慢慢延伸。我想讲述一个整体，一个集体的故事，但我并不太清楚它们之间各自的联系是什么。正是那扇窗户给予了我出发点，给予了我一个窗外的世界。所以我认为那个窗户另一边的世界应该会是很有趣的。"

窗户，让窗外和窗里的两个世界有了可连接的媒介，同时也是一道隔离两个世界的屏障。透过窗户，似乎是米里亚姆唯一可以融入外面世界的方法，哪怕只是在窗户前站一小会儿，看着来来往往的行人，想象他们的生活，评论女孩们的穿着，又或者是以一个"疯女人"的姿态抛去一些搭讪的话语。这个小小的窗口能让米里亚姆打发一段日常重复的寂寞，拥有一种陪伴的感觉。而窗外各色流动的人群可以透过同扇窗户看见窗内的米里亚姆，他们或许会以为她沉醉于电视，享受这样悠闲的生活，但他们绝不能猜中的是她不为人知，甚至连女儿也不能理解的孤独寂寞。玛格丽塔把米里亚姆的住所设计在一楼，加上这扇经常开着的临街的窗户，为这个小故事创设了一种特别的孤独基调。因为真正的孤独，并不一定全是一个人的独处描写，当窗外的人流和窗内一个人的伫立形成对比时，也是一种让我们可以去想象剩余"八分之七"的隐藏的孤独。玛格丽塔作为一个80后年轻女作家，写下这部活在21世纪的作品，对于作者本身而言，尤其是刚到布市的她，穿梭于布宜诺斯艾利斯钢筋水泥的都市森林，面对夜晚绚丽夺目的光芒，也一定有过米里亚姆般置身于人群的孤独感。

索菲娅走进城里的一间小酒吧时，以惯性的方式找到一个靠窗的小桌坐下，也可以说这是她等待罗德里戈的一种惯性。透过酒吧的玻璃窗，可以看见窗外公园里长椅上的一个女孩，从紧张的独自等待到一个头戴鸭舌帽的男孩的出现、最后和男孩沐浴在亲吻中的场景描写，这是这扇玻璃窗给我们传达的索菲娅眼里的真实故事，是读者可以直接了解到的那露出水面的八分之一的冰川信息，剩下的八分之七，索菲娅看到这样变化的场景的心理语言是什么？玛格丽塔想如何表现索菲娅等待一个驻外丈夫的孤独与无奈？女孩的经历或许是索菲娅最想看到的结局，从独自的等待，到他的出现，再到他们在一起。

莉莉的故事里，她透过她的那扇窗户可以看见邻居赤裸的身子，在客厅里走动的影子，她习惯也喜欢每天和这个一丝不挂的身影有目光的接触，但她更期待的是语言上的接触，她希望她们能有一次女人和女人之间的对话，因为，在某些方面，她们都算是孤独的代表，这一点，莉莉是可以从邻居日常的生活中读出的，而那个邻居也恰好是玛格丽塔精妙创作结构中的一个设计，根据莉莉所提供的线索信息——傲人的身材，喜欢脱光衣服在屋里走动，那个秃子情人，总是待一小会就匆忙离开，带给她无限失望的人——我们不难发现，她就是第二个故事里的胡莉娅，但是正如作者之前所言，她想讲述一个整体，一个集体的故事，但她并不太清楚它们之间各自的联系是什么，这是作者的一处留白，让我们有足够空间去探索各个小故事之间的潜在联系。另外，莉莉的故事中还穿插了一个非主角女人的戏份：一个每天早晨都要在百货商场橱窗玻璃前打量一番的疯女人，她沾着口水在橱窗上画上一个忧伤的表情，她的精心打扮背后又是怎样一种孤独？这个疯女人经历了什么？作者没有透露任何多余信息，每一个读者都可以对此有不同的解读。

## 二、以简洁的文字和戏剧式的对白，展现鲜明的人物形象

这是一部围绕孤独主题而写的作品，作品里出现的九个女人以及作品背后隐射的女性人物记录了当代社会女人们不同类型的孤独。1. 作品背后的孤独——作者自己和作者母亲；2. 处在爱情里的女人的孤独；3. 失去爱情的女人的孤独；4. 女人和女人之间的孤独；5. 母女间的冷漠和孤独；6. 非主角女人——过路女人的孤独。

在海明威的"冰山理论"审美下，一部好的作品并不等于华丽词汇的堆积。用最简单的词语和最简约的场景进行人物心理的刻画和形象的塑造则是"冰山理论"的典型表现。玛格丽塔笔下的人物大多出于直接引语的对话范畴，描写的是最日常的生活情

景，使用的语言是最普通的生活化口语。作者是真实的叙述者，但却是处于作品第三者的角度，读者所能读出的信息不是来源于作者的评论、感想，而是来源于作品人物本身。作品人物间的对话，作品里的生活情景则是读者补充作者背后评论和感想的直接信息来源。

**1. 作品背后的孤独——作者自己和作者母亲**

作品里独立成章地讲述了九个女人的故事，却又相互连接，完美地融合成一体。这九个女人的形象来源于玛格丽塔生活中熟悉的各色女性人物，其中值得一提的是，她的母亲，一个典型的加勒比海地区的女人。作者从她父亲去世那天起，就萌生了想要写一本以孤独为主题的小说的想法，但她从来没有跟任何人说起过。一开始，她完全不知道要写些什么，于是她开始搜索童年的记忆，在哥伦比亚卡塔赫纳一个加勒比海小城的家庭回忆。母亲是一个贫穷但是干净而端庄的女人，她最习惯的日常琐事就是给女儿缝缝补补。母亲从来不会为她庆祝生日，也不会和她一起庆祝某个节日。她的家里从来不会邀请外人来访，因为母亲觉得丢人，觉得没有必要向别人展示家庭的窘境。母亲说话向来很小声，因为害怕被父亲听见，穿着也一如既往的朴素，好像艳丽的衣服是一个很容易被发现的错误。她的家庭里，永远低声说话，沉默思考，笼罩在可怕的寂静中，所以，作者离开了家，孤身去到布宜诺斯艾利斯，开始一个人的生活，虽然孤独犹存，但她认为，借用她喜欢的一个作者的一句话："要在需要讲述的时候讲述一些你想讲述的事，而讲述的对象不是世界，而是某人。"这是一部女人们自己写的作品，同时也可以说为一个女人而作——作者的母亲。缝纫间不止一次出现在玛格丽塔笔下，第一个故事里，缝纫间是卡门和其他女人对苏茜评头论足的小空间，而对于米里亚姆，缝纫间是陪伴的两大元素之一（缝纫间和她最爱的那根电视线），这里的女人似乎是一个群体，缝缝补补的日常，家长里短的交谈几乎构成了她们生活的全部，这样的生活是一种孤独的折射。

### 2. 处在爱情里的女人的孤独

爱情似乎是文学创作永恒的主题，而大多数时候它被给予幸福、圆满的结局。值得提到的是，无论从读者的角度还是从作者自身的角度而言，玛格丽塔·加西亚·罗瓦约都不偏爱充满幸福感的"童话"故事。她认为，文学就应该完全贴近生活中的所见所感，她是现实主义者，所以她的作品中绝对不会出现魔幻主义元素。她笔下的人性就像暴露于沼泽地一样的混沌中，但我们总会有办法解救自己。所以，她笔下的爱情或家庭，不一定非要是浪漫幸福或者和谐的。而且，有感情有家庭绝不等于有幸福，她要创作的文学，没有魔幻，只有现实。

胡莉娅、贝亚特里茨、玛丽和莉莉是四个处在爱情里的孤独女人的代表。每个人都有属于自己的故事，但我们也不难发现，作者为她们设计了精巧的结构把她们联系起来。阿图罗是一个背负着沉重的道德伦理和家庭责任的已婚男人，是胡莉娅的情人，同时也是贝亚特里茨的丈夫，是那个让莉莉通过玻璃窗看见让完美身材的邻居陷入无限等待的秃子。胡莉娅和阿图罗因为电影院前的一见钟情开始秘密恋情，而这份爱情真的是胡莉娅想要的那种爱情吗？在这段故事里，冰箱是一个特别的元素。通过玛格丽塔的笔墨，我们了解到，胡莉娅日思夜想的是他能为她填满冰箱，或者是他们一起逛超市，一起补充食品填满冰箱，而她每次打开的冰箱，都是空空如也。这是文字告诉我们的八分之一份信息，隐藏的八分之七，则是阿图罗每次匆匆离去给胡莉娅留下的漫长的等待和孤独。卡洛斯是同时出现在两个女人生命里的男人——贝亚特里茨和玛丽。她们俩共同的特点是，身处一段合法的夫妻关系中，拥有一个完整的家庭。在玛格丽塔看来，人性最重要的一点是要组建一个家庭，这是一个不可或缺的单位，所以，家庭是一个她特别钟爱的文学主题，但是，她笔下的家庭不一定非要是和睦的。酒吧里和黑人吧台服务员的畅谈是浮于水面的八分之一的信息，酒吧哪怕空旷，仍然是她唯一可以舔着伤口疗伤的角落，在这里她可以和一个陌生人畅所欲言，可以不用理会丈夫阿图罗的电话，可以不用管孩子的事，可以重新调整在银行偶遇前任情人卡洛斯的波涛汹涌般的心境，更是一个可以暂时带她离开现实一小会儿的世界。因为，她的家庭，她的丈夫，她的情人都没有给予她爱，她是一个处在爱情里的孤独女人。玛丽和丈夫卡洛斯的争吵来源于对儿子沉迷动画片的担忧，从玛丽口中对丈夫有些无厘头的反驳中可以看出，她更想宣泄的是藏在内心的"冰川"，一个抛弃家庭的男人给她留下的孤独，就像她抱住米格尔，丈夫从背后抱着他们俩的那一瞬间，也只有那一瞬间，小小的床竟承载了她所有的幸福，而随之而来的关门声，也关闭了她所有期望的幸福。至于莉莉，她享受和老板在一起的所有时光，而每次店里关门后，她只有自己的影子作伴回家。

### 3. 失去爱情的女人的孤独

没有爱情的女人又是另一种绝望而无奈的孤独。米里亚姆和索菲娅是两个失去丈夫的女人。一个远在天堂，一个常驻遥远的非洲。对于米里亚姆而言，以前，电视是生活最美好的一部分，而现在，它似乎再也没有吸引力，电视是一种陪伴同时也是孤独的替身。咖啡厅里临街的玻璃橱窗，是索菲娅等待罗德里戈的希望之窗，也是期望能和窗外公园里那个从独自等待到鸭舌帽男孩出现再到两人甜蜜亲吻的女孩一样的幸福之窗。秋天，作为一个萧瑟的季节元素出现，在索菲娅的故事里完美地诠释了"冰川之下那八分之七"的隐藏内容。之前每年的秋天，罗德里戈都在，而今年他缺席了，当玛丽回答她那样的秋天不会再出现的时候，是否也意味着索菲娅的等待是遥遥无期的呢？

### 4. 女人和女人之间的孤独

玛格丽塔·罗瓦约的笔下除了描写因男人而造成的女性孤独以外，还有其他主题的孤独，比如，女人和女人之间的孤独。女人和女人之间，这是一个包容范围很广泛的群体。在世界范围的角度来看，女人和女人的关系无非为两种：相互熟悉的女人们和陌生的女人们。熟悉的女人们打破了距离和认知的交流障碍，但她们的孤独常常源于性格、喜好或行为之间的差异性所导致的心理层面上的隔阂或不理解，而正是因为熟悉、认识，我们往往因为害怕让这种更为脆弱的近距离关系破裂，所以会搁置内心的消极情绪。莉娜和卡门这对好朋友的第一个故事里，玛格丽塔几乎全部采用的是心理描写，细致至极，入微到各个细节；而女主角本身并没有发生任何冲突，她们的冲突大多是内心的对峙，这是作者渲染孤独气氛的一种手法。世界的任何角落都不难发现相互陌生却又有着相似境遇的女人们，她们的联系点不是距离，而是可以共享的情感。这样看来，似乎这样的女人是一个庞大而又突出的群体，但是因为生活里缺少交织点，却永远无法齐聚交流。莉莉和那个拥有完美身材的女邻居都是处在爱情里的孤独女人，就像莉莉所期望的一样，她们本可以成为聊男人、聊新闻、聊饮食的闺蜜，但那扇窗户总是阻碍着她们目光的相遇。那扇窗户给莉莉留白，也让读者好奇，究竟那样身材的女人背后的生活是什么样的？（此段故事里没有任何多余的说明信息，但或许我们可以从其他故事里寻找它的影子。）玛格丽塔本人从2005年独自去到布宜诺斯艾利斯，她的身边有慢慢熟知的朋友，也有从无交流的陌生"朋友"，她自己的故事似乎就是女人和女人那个庞大而又突出的群体中的沧海一粟。

### 5. 母女间的冷漠和孤独

快速流动的现代社会让父母与子女之间的感情交流变得越来越少。玛格丽塔的作品里影射了很多当代突出的社会问题，如交流问题。玛格丽塔说，她认为这是一个零交流的时代，我们可以通过各种先进的社交媒体和世界各地的人建立联系，表面上的我们是交流过于频繁的，但交流的质量却日益下降。米里亚姆的孤独除了来自于失去丈夫的陪伴，还有女儿迪亚娜的不理解。迪亚娜对于母亲每晚八点雷打不动的电话和母亲总以电视剧作为每天唯一的交流主题十分厌烦，她不能理解母亲为什么不能和朋友一起出去郊游，她有无穷的闲暇时间，有缝纫间和缝纫间的朋友们，有电视机，为什么还是抱怨自己的孤独。作者再次采用细致的心理活动描写突出米里亚姆内心的孤独和她想说却又无法说出口的无奈：她根本没有朋友，她也不喜欢缝缝补补。

### 6. 非主角女人——过路女人的孤独

最后一个女人莉莉的故事里穿插了一个非主角女人的故事。这个女人的出现没有源头也没有结尾，犹如一阵吹过的风，但确实留下了某种让人回味的气息。从作者给出的信息中，这是一个怎样的女人？她的身上有哪些特点？"精心"的自我装扮——装饰着紫色闪光片的破旧礼服裙，懂英文（那样的疯女人都懂，而莉莉却不懂），在百货商场玻璃橱窗上用口水画忧伤表情的心形。莉莉想跟那位女邻居讲讲那个身上闪着金光的疯女人的故事，想让她知道还有比她们更孤苦的女人。这个"疯女人"的故事无疑起到对比、映衬的作用，我们谁都不了解这个女人背后的故事，但我们可以知道的是，她代表着另一个群体，一个有着更深程度孤独的女人群体。"八分之七"的隐藏内容是否也在向我们传递着一个终极的信息：无论是故事里的九个女人，还是作者本身，又或是我们所有的人，都身处一个以孤独为主题的社会，这里包含着我们所认知的孤独故事，也有不为人知的孤独故事，而孤独似乎将是一个无穷也无尽头的主题。

## 三、作品题目的留白

贝亚特里茨的口头禅成为了本书题目的灵感来源。不管是从西班牙语发音的韵律还是中文的句式结构来看，她的口头禅模式都是有特点的，"有一些事情是一个女人不能问的，有一些事情是一个女人不能解释的，有一些事情是一个赤脚女人不能做的……"。玛格丽塔这个最终的题目也是整部作品最终的"八分之一和八分之七的冰川理论"的探索。贝亚特里茨说"有一些事情是一个赤脚女人不能做的"，她为什么会赤着脚？而她应该做的又是什么？她的这段故事里，讲述了一个因为银行的遭遇，她再一次陷入那段不堪回首的情感往事，复杂的内心导致鞋跟断掉，脚被扭伤的意外，从而她成为一个赤脚的女人；随后她去到一个酒吧，通过和一个陌生黑人的交流，正是在这个避风港里她重塑了坚强的内心，做好了回归现实，重新面对一切的准备；最后，在走出酒吧回到银行的路上，她准备为自己买上一双漂亮的紫色高跟鞋，以一个女人应有的自信和美丽重新拾起自己。贝亚特里茨似乎是玛格丽塔笔下九个女人的故事中唯一一个"有结尾"的女人，我们可以从她的文字读出贝亚特里茨作为女人的一种自我解放，而作者通过这样一个题目和这样一个女人，似乎想表达的是对女人成为独立群体的希望，因为女人们应该活出她们应有的样子。

这是一部围绕女人而写的作品，那么，作者玛格丽塔·罗瓦约究竟怎样看待女人、女性和女性主义呢？首先，作者坦言她从来不是女性主义者，甚至有点讨厌这个标签性的名字。玛格丽塔的作品下形形色色的女人们，都只有一个名称——女人；对于这一系列标签性名词：女人，年轻女人，老女人，外国女人，已婚女人，未婚女人……玛格丽塔觉得女人不应该被当作物品一样被贴上标签。她说："我不喜欢那些为其他女性争取权利或者福利的女性，因为她们认为后者是不知道为自己争取的。"她的这句话有三层含义：1.她认为，受过教育的女性不需要为了其他受过教育的女性争取什么，也不需要提醒她们是否处在一个不公平的环境。2.受过教育的女性也不应该为那些没接受过教育的女性争取。她能理解一些受过教育的女性想要劝说另一类女性要为自己争取更多东西的想法，但是她觉得这是一种带着俯视心理的行为。3.那么什么是应该的呢？作品里九个女人以孤独为主线的故事，她们与丈夫、情人、朋友、儿女、父母不同人群的交织中所产生的孤独；无论是以女人依附于男人的情感孤独还是父母儿女之间的交流空白，值得反思的是，大多数女人并不是被他人所弃而是自我放弃。

比如在米里亚姆的故事中，作者穿插了女儿迪亚娜的一种想法，虽然母亲一人生活，但她有足够的时间，她有缝纫间的朋友，她可以约着朋友一起出去郊游，这是作者似乎想暗示的米里亚姆应该过的生活；索菲娅漫长的等待故事里，玛丽告诉她，已经时隔一年，她应该开始工作，有自己的生活，现在已经不是秋天了，而且过去的那种秋天不会再出现了。女人本身就应该是一个独立群体，不应该依附于其他人或其他社会群体关系的思想，因为她们的失望、孤独、悲伤大多来源于这些关系，她们应该做的是打破那扇很多女人透过它看向外面世界的窗户。